転生詐欺師　恋の手ほどき

愁堂れな

幻冬舎ルチル文庫

CONTENTS ✦目次✦

転生詐欺師 恋の手ほどき

✦カバーデザイン＝chiaki-k（コガモデザイン）
✦ブックデザイン＝まるか工房

イラスト・奈良千春✦

転生詐欺師　恋の手ほどき

1

思えば今朝、今日はなんだかヤバそうだという予感がしたのだ。この手の勘は外したことがない。だからこそ百件を超える詐欺を働いてきたというのに前科はゼロなわけだが、その勘に従っておけばこんな目には遭わずに済んだだろう。

目の前が次第に暗くなり、意識が遠のく。車にぶちあたった瞬間はさすがに全身に衝撃を受けたが、出血量が多かったせいか、今はもう痛みも感じない。

ああ、死ぬんだなと実感する。数々の修羅場をかいくぐってきたが、まさか猫を庇《かば》って車に轢《ひ》かれる最期を迎えるとは想像もしていなかった。これもまた運命ってことなんだろう。

そろそろ天使がお迎えに来るのか。今までの所業を思うと俺の行き先は地獄か。地獄に招くのは誰だ？　閻魔《えんま》様？　堕天使？　その辺は宗教によるんだろうか。それとも死んだあとには無に返るだけなのか。

身体《からだ》が宙に浮いているような感覚だ。いよいよ死んだんだな。目を開けると自分の死体を見下ろすことになったりして——と、いつの間にか閉じてしまっていた目を開いた俺の、その目に一番に飛び込んできたのは、なんとも不思議というか不気味というか、文字どおり『得体の知れないもの』だった。

「郷原真《ごうはらまこと》だな」

見るからに外国人という風貌なのに、彼が話したのは日本語だった。

外国人——というより、ファンタジー小説や映画に出てきそうな風体をしている。

身長は二メートル近くありそうだ。腰まである黒髪に黒い瞳の持ち主で、容姿は俺が今まで見た中で一番整っている。CGでもここまで完璧に整った顔は作れないんじゃなかろうか。

抜けるような白い肌。だが不健康な印象はない。とはいえ健康体に見えるというわけでもなく、なんというか、生きている人間という感じがしないのだ。

自分と同じ人類とはまるで思えない。透明感のある白い肌の下に赤い血が流れている気配がない。

だから『CG』という単語が浮かんだのかも、と、どうでもいいことを分析していた俺の前で、その作り物のような美形が呆《あき》れた顔になる。

「普通はもっと驚くぞ。私の姿にも、それにこの状況にも」

「…………」

充分驚いているのだが、と見返した俺に再びそのCG——ならぬ謎の男は、

「郷原真だな？」

と名を問うてきた。

戸籍上の名前を耳にするのは久し振りだった。名字はいつも適当だが、名前は本名の『真』の音読みの『シン』と名乗っていた。

「………」

極自然に『名乗っていた』と過去形を使ってしまったが、やはり俺は死んだのだろうか。だから名を問われているのか？　となると彼は死神だろうか。豪奢《ごうしゃ》だが黒ずくめの服装は確かに死神の着るものに相応《ふさわ》しい気がする。

「そうだ。お前は死んだ。確認するまでもなくお前の名などわかっているが、要は死者を送る際の様式美のようなものだ」

「おお」

言葉として発せずとも、頭の中をこの死神は読んでくれるようだ。便利だなと思いつつも、俺のほうは彼に呼びかけるのになんと言えばいいのかと暫《しば》し悩む。

『死神さん』『死神様』――やはり『様』だろうか。と、彼を見る。

「俺の名はルキーシュだ。それにそもそも死神ではない」

物凄《すご》く嫌そうな顔で彼は――ルキーシュはそう言ったあと、

「横着をせず、ちゃんと喋《しゃべ》れ」

と注意を促してきた。

「申し訳ありません。ルキーシュ様」

死神ではないとのことだったが、先程『死者を送る』とも言っていた。役職？　はともかく、敬っておくに越したことはない。

「様づけくらいで敬われていると思うわけがなかろう」

すかさずそう突っ込まれ、頭の中を読まれるのは便利なばかりではなかった、と己の浅はかさを思い知った。

「ではなんとお呼びすれば」

「ルキーシュでいい。呼びかける機会はないだろうが」

ルキーシュはそう言ったあと、確かに、と頷《うなず》いた俺を真《ま》っ直《す》ぐに見据え、淡々とした声で話し始めた。

「郷原真。通称『シン』。今まで百人を超える人間に対し詐欺行為で損害を与えてきた。得意とするのは美貌を活かした結婚詐欺で六十三名が犠牲となっている。間違いないな？」

「騙《だま》した人数までは覚えてないですが……」

一人ずつに関して懺悔《ざんげ》をせよと言われたらどうしよう。初めて詐欺行為を行ったのは十二歳の頃なので今から十七年前。結婚詐欺は十七の頃からしているのでかれこれ十二年となる。十二年で六十三人か。もうちょっといっているかと思っていた。

「………」

ルキーシュの冷たい視線に気づき、はっと我に返る。しまった。反省の色なしと思われたに違いない。

「ええと……」

「お前の人となりなどわかっている。今更だ」

淡々とした口調で言い捨てるとルキーシュは俺の罪状？　の確認を再開した。

「直近の犠牲者は田崎一恵《たざきかずえ》、三十九歳。せしめた金額は三百万。しかし詐欺とバレて警察が張り込んでいたのに気づき逃走したが、目の前に飛び出してきた黒猫がトラックに轢かれそうになったと勘違いし、庇って自分がかわりに轢かれて死亡——で、間違いないな？」

「間違いない……ですが、え？　勘違い？」

何が勘違いだったというのかと疑問を覚え問い返したそのとき、ニャオン、という鳴き声と共に黒猫が不意に姿を現わしたかと思うと、ルキーシュの腕の中に飛び込んだ。

「あ！　その猫！」

首に巻かれた紫色のリボンには見覚えがあった。うっすら発光しているのは交通事故防止に蛍光塗料を塗っているのかと思ったのだった。なのに車の前に飛び出すから、つい庇ってしまったのかもしれない。飼い主にそれだけ大切にされていると思ったから——。

で、その飼い主が、と俺はつい非難の目を向けてしまった。

こいつの猫だったのか。交通事故を案じているなら家から出ないよう気をつけてやれよ。

俺の住んでいる区では猫は外飼い禁止だぞ。

「ニャア」

黒猫が一声鳴き、俺を振り返る。目も紫なんて珍しいと気づくと同時に、その表情がなんとも人を馬鹿にしているように見え、恩義ってもんがないのか、とむっとした。

「そもそも猫ではない」

と、ルキーシュの謎の発言があり、意識が彼へと向かう。

「猫じゃない？」

どう見ても猫なんですけど、とまじまじと見やる。と、黒猫が伸びをしたかと思うと、ぴょんとルキーシュの腕の中から飛び出し、俺の前へとやってきた――はずが、そこにいたのは五歳くらいの男の子だった。

「猫じゃねえし」

黒目がち――瞳の色は紫だが――の大きな瞳に長い睫《まつげ》、鼻も口も小さくて、まさに天使のような可愛《かわい》さなのだが、喋る言葉は憎らしかった。因《ちな》みに声も幼児のようで可愛らしいのだが。

「え？　なんだ？　これは？」

「これじゃねえし」

唐突に現れた幼児が毒づき、じろ、と俺を睨《にら》む。

「ルイだし」

「ルイ?」

名前か? フランス国王みたいだがと心の中で突っ込みを入れただけなのに、こいつも心が読めるようだった。

「十五世でも十六世でもねえし。十四世は太陽王だし」

「ルイは私の使い魔だ。トラックに轢かれたくらいで死ぬことはない」

「使い魔……?」

なんだ、それはという疑問が解決されることはなかった。説明する気はないとばかりにルイは再び猫の姿になり、さも俺を馬鹿にしたようにふいと尻を向けて再びルキーシュの腕の中に戻っていってしまったからだ。

命の恩人に向かって——いや、そもそも命の危機には瀕《ひん》していなかったので、恩人も何もなかったたか。

まさに『無駄死に』だったわけだが、まあ、それも俺の運命だったんだろう。

「なんでもかんでも運命で片付けるとは。随分と安直な思考だな。お前は」

ルキーシュが呆れたように俺を見る。

「あがけば生き返れるってわけでもないんですよね?」

生き返ったところで、喜んでくれる人もいないし、死んでも悲しむ人もいない。俺が生きようが死のうが誰の関心も引かないだろう。

生きるために人を騙し続けてきた、今までの生活にもさほどの未練はない。死にたいと願うような絶望も抱いていなかったが、なんとしても生きていたいと渇望するほどのエネルギーも俺にはない。なるようになれだ、との思いで見やった先にはルキーシュの呆れた顔があった。

「斜に構えているのかと思ったが、本心からどうでもいいと思っているんだな」

「はい」

「ならココに呼ぶまでもなかったな」

ふむ、と小さく息を吐き出したルキーシュが、相変わらず淡々とした口調で言葉を続ける。

「百人以上もの人間を騙して不幸にしたお前の行き先は間違いなく地獄だった。通常は死ねば暫《しばら》くの休息のあと魂は輪廻転生《りんねてんせい》するものだが、地獄に行けば転生のサイクルからは外れる。生前の罪を償うべく、文字どおりエンドレスで地獄の責め苦が続くのだ。肉体的にも精神的にもつらくて死にたくなるが、当然、死ぬことはできない。もう死んでいるのだから」

「え」

それはさすがに——いやかも。

終わりがあると思えば耐えられもするが、エンドレスで死んだほうがマシと思える苦痛が続くなど、勘弁してもらいたい。

とはいえ『生前の罪』を持ち出されると反論もできない。うう、と唸《うな》るしかなかった俺を

ルキーシュは暫し見つめていたが、やがて、

「だが」

と再び口を開いた。

「最後の最後でお前は、私の使い魔を助けようとした。実際は必要なかった手助けだが、自分の命を犠牲にして、自分とはなんのかかわりもないか弱き者を救おうとしたのは事実だ。いくらその必要はなかったにせよ」

「…………」

『必要はなかった』と繰り返しすぎじゃないのかとむっとしたが、続く彼の言葉を聞き、俺は思わず弾んだ声を上げてしまった。

「なのでお前には地獄行きを回避するチャンスを与えることにした」

「それはありがたい！」

今の人生に執着はないが、死んだほうがマシと思えるような苦痛がエンドレスで続く状況は避けられるものなら避けたい。

チャンスを与えてくれるとは、と心の底から感謝したもののすぐ、あくまでも『チャンス』か、と気づいて気を引き締めた。

「その思慮深さは嫌いじゃないぞ」

ルキーシュがニッと笑いかけてくる。

「お前の考えているとおり、あくまでも『チャンス』だ。決して容易な道ではない。いわば試練だ」

「どういった試練でしょう」

普通に考えれば『善行を積め』だろうか。それか、ルキーシュの下僕となって暫く働くとか？　ルイのように、と考えた途端に、ルイがルキーシュの腕の中から飛び出してきて、幼児の姿となった。

「下僕じゃない。使い魔だ！　お前ごときがなれるものではない！　下僕だって無理だ！」

「はあ、すみません」

見た目が幼稚園児なので、つい、舐《な》めがちだが、こいつの下僕になれと言われるかもしれない。腰は低くしておこうという考えも簡単に読まれる。

「お前のような下僕はいらないからな！」

「ルイ、いい子だから少し黙っていてもらえるか？　話が進まん」

やれやれというように溜《た》め息を漏らすルキーシュの指摘に、ルイが飛び上がって恐縮する。

「申し訳ありません！　ルキーシュ様っ」

ひゅるん、という音と共に黒猫化したルイがルキーシュの足下で身体を丸める。こうも恐れるとはやはり下僕なんじゃないかと思わなくもなかったが、紫色の目にギロリと睨まれ、思考を停止した。奴《やつ》にかまっていたら本当に話が進まないとわかったからだ。

「……それで、私は何をすればよいのでしょう」

できれば苦痛のあまりない方向で、と祈りそうになり、舐めたことを言うなと逆に厳しくされるのではと案じる。

思考を止めるというのは難しいなと悪戦苦闘している俺を冷めた目で見やったあと、ルキーシュがやにわに口を開いた。

「私の世界の中で、あまりに不幸な死に方をした魂を不憫《ふびん》に思い、転生ではなく回帰を――過去に戻って人生のやり直しをさせてやることがあるのだが、そうした人間は善良すぎて、前世の恨みを晴らすといった思考にならず、結局は前世と同じようにつらい人生を歩むことになってしまうのだ」

「……はあ」

死者には輪廻転生以外に『回帰』という道もあるのか。しかし人生のやり直しができるというのはどうなんだろうと思わなくもない。

あのときああしていれば、という後悔がまるでないとは言わないが、だからといって最初からやり直したいかとなると話は別だ。

結構苦労して習得したスキルも最初から学び直さないといけないなど、想像するだけでぞっとする。

ピンポイントで『あのときああしていれば』と後悔したときに戻れるというのならまだ許

容できるが、と考えていた俺の耳に、やれやれといった様子のルキーシュの溜め息が響く。

「善良すぎる人間以上に、お前のような合理性ばかり考える人間は回帰向きではないのだな」

「……まあ、そうなんですかね」

「刹那的な生き方が格好いいとでも思ってるんじゃないですか。そういうの、中二病っていうんですよ」

と、ルキーシュの足下にいた黒猫が、いつの間にか例の幼児の姿に戻り、そんな毒を吐く。

「よく知ってるな」

『中二病』なんて、と素で感心した俺をルイはじろりと睨むと、

「馬鹿にするな」

と吐き捨てた。

「お前より百万倍頭がいいんだ、僕は」

そういうことを言うと逆に馬鹿に見えると教えてやろうかとも思ったが、そんな義理もないのでやめておく。

「ルイ、邪魔をするなと言っただろう？」

ルイはルキーシュにそう言われると、文字どおりまた飛び上がり、黒猫の姿に戻って項垂《うなだ》れた。恐れているというより悲しそうに見えるその様は、可愛《かわい》いといえないこともない。

「向き不向きはこの際問題ない。お前に人生をやり直させてやるという話でもないしな」

ルイを見ていた俺は、ルキーシュに話しかけられ彼へと視線を向けた。

「お前には不幸にして死んだ人間のかわりに回帰し、その人間が悔いなく人生を全うできるよう尽力してもらう」

「……あの……意味がわからないんですが……」

他人の人生をやり直すとは？　しかも悔いなく？　一体何を求められているのかと問い掛けた俺にルキーシュは、さも馬鹿にしたような視線を向けてきた。

「理解が遅いな」

「すみません」

これでも頭の回転は速いほうだと自負しているのだが、と心の中で文句を言い、しまった、と思考をシャットダウンする。

「つまり、自力では復讐《ふくしゅう》できない死者のかわりに生き返って復讐し、死者がすっきりした気持ちで来世に行けるようにしてほしいということだ。あれこれ説明するより、実践してもらったほうが早そうだな」

未だ理解が追いつかずにいたのがわかったのか、ルキーシュは、ふむ、と一人納得したように頷いたかと思うと、

「ルイ」

と足下の黒猫に声をかけた。

「はい、ご主人様」

すぐさま五歳児の姿になった彼にルキーシュが淡々と命じる。

「慣れるまで付き添ってやれ。説明も任せたぞ」

「えっ」

『不本意』とはこういう表情を言うのだとわかる、思いきり嫌そうな顔になりはしたが、ルイにはルキーシュの命令に逆らうという選択肢はないらしく、

「……畏《かしこ》まりました」

と項垂れたあとに、じろりと俺を睨んできた。

「お前が使えないからこんなことになったんだからな」

「お手柔らかに頼みます」

下手に出ておくに越したことはない。この先頼れるのはこの子供だけになるのだからと頭を下げると、ルイはすぐに得意そうな顔になった。単純で助かる、という思考を慌てて頭の中で散らす。

「すぐにも向かってくれ。現地での説明は任せる。私の世界で千人の魂を救うことができたら転生させてやると約束しよう」

「せ、千人⁉」

なんだその気の遠くなるような数は、と愕然《がくぜん》としたあまりつい、大きな声を上げた次の瞬

間、目の前が真っ暗になった。

「……っ」

なんだ、と息を呑《の》む間もなく、突風が吹き抜けていくのを感じ、飛ばされまいと足を踏ん張った――ときには、目の前にのどかな景色が開けていた。

「……どこだ、ここは……」

広々とした草原の、遠い彼方《かなた》に塔のような建物が見える。日本というより洋画の中で見るような景色だった。しかも現代ではなく中世の歴史ものやファンタジー映画の、と目を凝らして建物を見極めようとした俺の耳に、

「あの……」

という気弱な男の声が背後から響いた。

「誰だ」

はっとして振り返る。俺としたことが人の気配を感じなかったなんて、と落ち込みかけたが、目に飛び込んできた男の姿を見て納得した。男は――半分透けた状態で宙に浮いていたのだ。

幽霊なら気づかなくても仕方がない、と頷いた俺を見上げ、ルイが呆れた声を出す。

「なんでそんなに冷静なんだ？」

「『死者のかわりに転生せよ』と言われたから？」

俺の答えはごく真っ当だと思うのだが、ルイはひとこと、

「変なやつ」

と呟《つぶや》くと、視線を幽霊へと向けた。

「えっと、カイサルさんですね？　サイモア伯爵家の次男の」

「……はい……」

項垂れた幽霊は金髪碧眼《へきがん》の美青年だった。服装は現代人のものというより中世ヨーロッパという雰囲気である。

「ちょっとすまん。今は何時代で、ここはどこなんだ？　日本じゃないことはわかるんだが」

時代を聞いたところであまり詳しいことはわからないのだが。しかしルキーシュの話しぶりだと、ごく最近死んだ人間に関して言っている印象だったが、世紀をまたいだ『昔』だったとは驚きだ——などと考えながら問いを発したのだが、ルイの答えはそんな俺の予想をあっさり超えてきたのだった。

「は？　あなた、何を言ってるんです？　ルキーシュ様が統べているのはあなたのいた世界とはまったく関係のない、いわば異世界です。そんなこともわかってなかったんですか？」

さも馬鹿にしたように言われたことにむかつくより前に俺は、

「わかるわけないだろうがっ」

と、つい突っ込んでしまっていた。

「普通わかるでしょうに。僕というあなたの世界には決していないであろう存在を目《ま》の当たりにしているんですから」

「……まあ、そうか」

確かに黒猫が子供に姿を変えるなんて、どう考えても現実には起こり得ない、いわゆるファンタジーの世界の出来事だ。

とはいえまさか、回帰させられるのがファンタジーの世界とは思わなかった、と溜め息を吐《つ》きそうになっていた俺に、先程カイサルと名乗った幽霊が、

「あの……」

と、おずおずした様子で声をかけてくる。

「お二人はどなたなんですか？　僕は死んだんですよね？　僕を迎えにきてくれたのですか？　あなたが神様で、こちらの可愛らしい子供が天使様？」

「違います」

反射的に答えてしまった俺の前で、カイサルが絶望的な顔になる。

「……違うということは私は天国には行けないのですね……」

「これ以上絶望させてどうするんですか」

ルイが俺に対して怒声を発したあと、にこ、とそれこそ天使のごとき笑みを浮かべ、カイサルに話しかける。

「この男のことは気にしないでください。私は神に遣わされてあなたに会いに来ました。あなた、酷《ひど》い目に遭わされた挙げ句に命を奪われたんですよね？　我々はあなたの無念を晴らしにきたのです。何があったか説明してもらえませんか？」

「無念だなんて……」

いかにも気弱そうな美青年が俯《うつむ》く。

「……すべて僕が悪いんです」

「あなたに悪いところはないですよね？　あなた、騙されたんだから。あの悪党に」

説明を求めてはいたが、ルイにはこのカイサルという若者の事情がすべてわかっているようだ。ならルイが説明してくれればいいのにと考えたのがわかったらしく、ルイがじろりと俺を睨む。

「黙って聞いていろってことです」

「……はい」

大人しく返事をした俺をカイサルは驚いたように見ていたが、やがてぽつぽつと話し始めた。俺がルイの言うことをきいているのを見て、ルイはこの上なく敬うべき相手なのだと判断したのだろう。

「……おっしゃるとおり、私はサイモア伯爵の次男ですが、母親がメイドだったために使用人として育てられました」

「使用人以下の扱いでしたよ。使用人たちからも嫌がらせを受けていましたし」

「伯爵の子供に嫌がらせ？」

使用人風情が？　と疑問がつい口をついて出る。この世界について詳しくは知らないが、伯爵は貴族、使用人は平民では？　ヒエラルキーがあるのではと不思議に思ったのだが、ルイにまたじろりと睨まれ口を閉ざした。邪魔をするなということだろう。しかしカイサルは俺にも気を遣ってくれ、事情を説明してくれた。

「父も、そして夫人も異母兄も異母弟も、皆、僕を疎み、酷い態度を取っていたからだと思います。僕に対する嫌がらせを家族は喜んでみせたため、使用人たちの僕への態度が悪くなったというか……」

「酷いな、それは……」

主《あるじ》に気を遣ってといいつつ、使用人たちもカイサルを苛《いじ》めることで憂さを晴らしていたのではなかろうか。甘んじて受けるしかなかったとしたら気の毒だと、早くも俺は同情していた。

「母は僕を生んですぐ亡くなったので、味方は誰もいない状況でした。ただ一人、父の弟、ミカエル叔父だけは僕を気にかけてくれ、訪問するたびに優しい言葉や見たこともないような美味《おい》しいお菓子を与えてくれたのです」

「それはよかった」

少なくとも一人は味方がいたというのなら、と頷いた俺に、ルイが冷たい目を向ける。

「え？」

「最後まで話を聞けってことですよ」

ルイが冷たく言い放つ横で、カイサルが力なく項垂れる。

「……ミカエル叔父の親切には裏があったのです。叔父は僕を使って父や兄たちを亡き者にし、自分が爵位を継ぐという計画を立てていたのでした。僕は叔父に騙されて家族を殺し、絞首刑となりました……」

「……壮絶だな、それは……」

騙されて殺人犯にさせられ、死刑になった――この上ない『無念』を感じそうだが、先程カイサルは『すべて僕が悪い』と反省していた。なるほど、ルキーシュが言っていたが、この手のタイプは確かにもう一度同じ人生を歩ませたとしても復讐しようという考えを抱くこともなく、為《な》す術《すべ》もないまま同じように死ぬまで酷い目に遭い続ける結果となってしまうに違いない。

「ミカエルには伝染病の予防薬だと騙されて薬を渡されたんですよね？」

ルイが話の詳細を補うべく、問いを発する。

「……はい。とてもよく効く薬なのだが、伯爵たちは薬の効き目を信用しておらず飲んでくれない。安全性は自分が保証する。自らも飲んだし、その後伝染病患者と接触したが感染しなかった。飲んでもらえないのなら、こっそり料理に入れるのはどうかと思いついた。今日の夕食のスープに入れてもらえないか？……叔父に言われたとおりにスープに薬を入れたところ……」

「家族は皆死に、叔父に告発されたと」

「……はい」

俺の確認に頷いたカイサルの顔が歪《ゆが》み、わっと泣き出した彼が両手にその顔を埋《うず》める。

「騙されたとはいえ人を……家族を殺してしまうなんて……！　僕には死んで罪を償うしか、もう……」

「殺そうと思って殺したわけじゃないんだから。騙されたんだろう？」

「はい。ですが……」

泣きじゃくるカイサルを前に俺とルイは顔を見合わせ、やれやれ、と溜め息を吐いた。直後にルイが、はっとした様子となり、ふん、とそっぽを向いたあと、コホン、と咳《せき》払いをし、口を開く。

「ともかく、この男があなたの代わりに回帰し、あなたの無念を晴らしますから」

「まずは『無念』と思わせるところから始める必要があるんじゃないか？」

彼には、と俺が指摘するのにルイがまた睨む。

なんだか前途多難なんだが。泣きじゃくるカイサルを前に天を仰いだ俺の頭にルキーシュの顔が浮かぶ。

千人、こうした人間を救い続けることで地獄落ちを回避してやるということだったが、もしや地獄の責め苦のほうが楽だったりはしないだろうか。千人救えば終わりがくると思えばエンドレスよりマシと思うしかないかと腹を括《くく》ると俺は、詐欺を働くときと同じく、まずは何をすべきかと考え始めたのだった。

2

「……で？」

ようやく涙が収まってきたカイサルを前に、これから何をすればいいのか、具体策をまずはルイに聞いてみることにした。

「なんです？」

嫌そうに問い返してくる彼に詳細を問う。

「人生をやり直せってことだったが、何歳からやり直すんだ？　まさか子供の頃からか？」

千人もの人生をやり直すのに、一人に十年以上かけたくない。

「あなたの希望が通るわけがないでしょう」

実に感じ悪い顔つきと口調でルイは言い捨てたが、問いには答えてくれた。

「カイサルさんが亡くなる三年前に時が巻き戻ってます。その時期からなら巻き返しが可能というルキーシュ様のご判断です。初回なので随分と甘やかしてくださったようですね」

「三年……って、甘いのか？」

先程のカイサルの話だと、子供の頃から虐げられてきたということだった。それをたった三年で巻き返せるものなんだろうか。

「子供の頃まで戻るのはいやだと言ったり、たった三年では無茶振りだと言ったり……贅沢《ぜいたく》なこと言える立場だと思っているんですか」

「……ごもっとも」

ルイに冷めた目で言われ、一言もない、と項垂れる。

「わかればいいんです」

素直な謝罪で気をよくしたらしい彼の口は随分と軽くなったようで、俺が知りたかった『具体的に何をしたらいいのか』を教えてくれた。

「この世界の人の目には、あなたが三年前のカイサルさんに見えています。カイサルさんの今の姿は我々にしか見えません。カイサルさんに協力を仰ぎ、彼が酷い目に遭うのを阻止しつつ、ミカエルをはじめとする彼の身内をぎゃふんと言わせることになります」

「ぎゃふん……」

随分とレトロな、と突っ込みたかったが、不機嫌になるのは目に見えているので黙っていた。それより、と気になっていたことを確認する。

「俺が彼のかわりに三年前から彼の人生をやり直すというのはわかった。だが、それこそ『ぎゃふん』が成功したら、彼は死なずにすむんじゃないのか？」

「そこは申し訳ないんですが、変えることはできないんです」

ルイが、カイサルに対して言葉どおり申し訳なさそうな顔になり、首を横に振る。

「軽微な修正は可能なんですけど、寿命は変更できないんですよ」

「しかしそれでは……」

どのみち死ぬんじゃないかと言いそうになり、慌てて堪《こら》える。さすがに本人を目の前にして言うことじゃないと思ったからだが、ルイは幼いがゆえにその手の気遣いはできなかったらしい。

「カイサルさんも伯爵家の人間も三年後に亡くなります。ミカエルや彼の家族は天寿を全うしますけど、幸福に生きるか不幸になるかといったことは些末《さまつ》なんです」

「……なるほど。不幸になって長生きするのが復讐になるって考え方もあるな」

頷いた俺の前でカイサルが青ざめる。

「……そんな……家族を不幸にするなど……」

「なあ、あんたさ」

どうしてもいらつきを抑えることができなくなり、俺は改めてカイサルに——本来であれば自分を殺した相手に復讐心を抱くはずの彼に問い掛けた。

「家族を恨んでないわけ？　そもそもあんたにとって家族ってなんなんだ？　血の繋《つな》がりがあればなんでも許せちゃうんだ？」

「……家族が何か……ですか？」

カイサルは今初めて考えるといった顔になった。いや、普通は恨まないのか？　愛情を与えられたわけじゃないんだよな？　と、そこを確認してみることにする。

「血が繋がっている相手には何をしても許されるってわけじゃないって、わかってるよな？　家族に相応しい愛情を互いに抱いていたならともかく、一ミリも愛情を与えられていなかったら、恩義を感じる必要はないんじゃないか？」

「……その発想は……なかったです」

カイサルは今、啞然《あぜん》とした顔になっていた。

「いやいや、普通に考えようぜ。恨めって言ってるわけじゃないんだ。ただ、家族だからって愛さないといけないわけじゃないいんだぜ？　わかってるか？」

「……え……？」

カイサルが驚きに目を見開いている。やはり彼にとって『家族』は呪いの言葉だったようだ。

「家族だからって愛する義務はないんだよ。それが証拠に、あんたも家族に愛されているとはいえない状況だっただろう？　もし、今までの生い立ちで愛があったとしたらいつだ？　一度たりとて、父親や義理のきょうだいに親切にされたことはなかったんだろう？」

実は俺も天涯孤独の身の上だった。なので『家族』がどんなものか、実のところよくわかっていない。なのに語るなよと自身に突っ込みを入れつつそう告げた俺の前で、カイサルはわかりやすく落ち込んだ様子となり、無言のまま項垂れてしまった。

「……まあ、とにかく、だ」

ここは慰めてやるところなんだろうが、どうも彼を見ていると苛《いら》ついてしまう。それを態度に出すことはしないが、と俺は得意の万人受けする笑顔を浮かべ、話を先に進めようとした。

「せっかく三年前に戻ったんだ。家族に復讐するかどうかはさておいて、まずはあんた本人の幸せを考えよう」

近くでルイが、やれやれという顔になっている。さすが詐欺師、口から出任せばかりとでも思っているのだろう。

手っ取り早く幸福度を上げるには、まず、金だ。どうやって稼ぐか、と考え、そうだ、と策を思いついた。

「三年前のこと、なんでもいい。何か覚えてないか？　たとえば天変地異とか」

経済に影響が出るような天災が起こることがわかっていれば一儲《もう》けできそうだと思い問い掛けたのだが、答えたのはルイだった。

「そこまで大きな地震も嵐もなかったですね」

「近々、何かが当たるといった投資話はないか？　ああ、それにもまずは金がいるか」

「……そういえば……」

カイサルがふと、何か思いついた顔になる。

「三年前といえば、父上が、最早採掘量が見込めない魔石の鉱山を売却したのですが、手放したあとに新たな鉱脈が見つかり大損をしたということがありました……儲け話ではなく、損をした話ではありますが……」

「いや、使えるよ、その話。正確な時期がわかれば尚《なお》いい」

「建国祭の頃でしたから、秋……ですかね」

「今は夏だよな？　この暑さだと」

間もなくか、と頷いた俺に、カイサルが「でも」と言葉を足す。

「父上は僕の話になど、耳を傾けてくれないでしょう。こちらから話しかけるなどもってのほかというか……なのでわかってはいても伝える術はないのです」

「術がなければ作ればいい。たとえば……」

弱みを握るのが一番だが、そのためにはどう動けばいいだろう。考え、そうだと思いつく。

「この世界に、情報屋はいないのか？」

「……情報屋……っ」

途端にカイサルが青ざめる。

「どうした？」

ガタガタ震えだした彼の肩をつかもうとして――幽霊なので突き抜ける。

「おっと」

勢いあまって俺がずっこけそうになったのを見てカイサルは、

「あ、すみません」

と申し訳なさからか我に返った様子となり、青ざめた理由を教えてくれた。

「情報屋といいますか、闇のギルドで毒薬を購入したことが、僕が家族を殺そうとした犯人だという証拠となったもので……」

「闇のギルドがミカエルに抱き込まれていたと、そういうことか？」

確認を取った俺に対し、カイサルが首を横に振る。

「どうでしょう……。僕は叔父の依頼で、闇のギルドに受け取りに行ったんです。身体にいい薬と信じて。合言葉を言わされたりして、おかしいなとは思ったんですが、まさか闇のギルドとは思いもよらず……」

「……あんたが善人だということはよくわかったよ」

善人というか馬鹿というか。少しは他人を疑ったほうがいい。だから死ぬことになったわけだし、とも思ったが、もう死んでいる本人にそんなキツいことを言う必要はないので我慢する。それより、と俺は、

「そのギルドと、合言葉を教えてくれ」

と問い掛けた。

「あ、はい」

カイサルが頷き、場所を説明したあとに合言葉を教えてくれる。

「『青い月の沈む森から来た』だったと思います」

「随分とロマンチックだな」

しかし口にするのが恥ずかしいほどではない。

「ギルド長の名前は？」

「サマルカンド、だったと思います」

「あんたの家族で問題ある人間は、いなかったか？　たとえばギャンブル癖が抜けないとか、女にだらしがないとか」

「……いました。兄のロナールがギャンブル、弟のキャラバンが女性問題をしょっちゅう起こしていて……でも、父が常に揉《も》み消すので問題にはなりませんでしたが」

「なるほど」

どちらも弱みになりそうだ。どうするかなと考えていると、隣でルイがぼそりと呟いた。

「キャラバンが入れあげている娼館《しょうかん》の女は、闇ギルドの息がかかっていて、間もなく言いがかりをつけられ、金を巻き上げられることになってます」

「使えるな、お前」

さすが使い魔、と褒めたというのに、ルイの可愛い眉間にはこれでもかというほど深い縦《たて》皺《じわ》が寄る。

「お前だと?」

「失礼、ルイ様。天使様、あなたは最高です!」

慌てて持ち上げたあとに、呆然《ぼうぜん》としていたカイサルに声をかける。

「早速行動に移そう。闇ギルドに向かおうぜ」

「は、はい。でも、この頃の僕はお金など持っていませんが……」

「大丈夫だ。とにかく行こう。ギルド長がお前の異母弟を脅迫するより前に」

さあ、とカイサルを促し、半透明で宙に浮いている彼に案内役を頼む。

「ルイ様、ご同行いただけますか?」

ルキーシュにはビジュアル的にも『様』づけが自然とできたが、見た目五歳児のルイに『様』はちょっとした違和感がある。が、敬われて不快に思う人間はいないだろう。あ、しまった、人間ではなく『使い魔』だったか、と思いつつ呼びかける。

「気持ち悪い」

ルイは数少ない『不快に思う』ほうだったらしく、ますます眉間に縦皺を刻むと、

「ルイ」

と吐き捨てた。そう呼べということだろう。

「ルイ」

「なんだ」

「呼んでみただけ」

「はあ?」

しまった。天使のような美少年をつい、からかいたくなってしまった。これでは情報が引き出せなくなる、と慌ててフォローを入れる。

「いや、悪い。呼び捨てでいいというのは親しみがあるからかと思い、つい浮かれてしまったんだ」

息を吐くように嘘《うそ》をつく、とよく言われたが、こうした言葉はごく自然と口から零《こぼ》れ落ちる。相手が何を望んでいるかが直感でわかる上に、ほぼ反射的に言葉が出てくる。詐欺師になるべくしてなったといえよう、などと自画自賛している場合ではない。

「……褒められることじゃないですからね。それに僕はそんなことでは喜ばないし!」

しらーとした顔でそう言うルイはまたも俺の心を読んだのだろう。

「わざとじゃないんだ。反射神経とでも思ってくれ」

心を読まれることなど今までなかったので勝手がわからない。小細工は通じないと肝に銘じておこうと、俺としては珍しく素直に頭を下げる。ルイはそんな俺を蔑《さげす》むような目で見やったあとに、「そういえば」と何か思いついた顔になり問い掛けてきた。

「なぜ『闇ギルド』という言葉を知っているんです?」

「ファンタジー小説にはよく出てくるんだ。異世界転生や回帰も」

「それで戸惑いが少ないのか……」

なるほど、とルイが納得した顔になる。俺のほうでも彼には聞きたいことがある、と下手に出つつ問い掛けてみる。

「ルイ、キャラバンの入れあげている娼婦の名前、教えてもらえないかな？」

「マリアンヌ」

あっさり教えてくれたルイが、逆に問い掛けてくる。

「聞いてどうするんです？」

「ギルド長と話をするのに使うんだ。ああ、そうだ。カイサル、伯爵家の家宝は？　何かあるだろう？　宝石とか」

急に話を振られ、カイサルは一瞬考え込んだがすぐ、「それなら」と答えてくれた。

「代々伝わる真珠のネックレスがあります。『貴婦人の涙』という名で、かつて皇帝から下賜され、代々伯爵夫人に受け継がれてきたという」

「それは家族であればすぐ持ち出せる場所にあるかな？」

「おそらく……パーティの際には伯爵夫人が身につけていらっしゃるので、屋敷内にあるのは間違いないです。僕はお屋敷に足を踏み入れることは許されていないので無理ですが」

虐げられていたことをさらりと言ってきたが、慰めを待っている様子はない。彼にとってはそれが『普通』だったんだろうと思うとより、憐れみが増すなと思いつつ、これもまた有益な情報だ、と俺は一人頷いた。

やがて俺達は『闇ギルド』に到着した。佇《たたず》まいは小さな古書店だが、店番の老人に合言葉を言うと奥に通されるとカイサルに聞いていたので、店内に入り奥の老人のいるカウンターを目指す。

この世界の人間にとっての俺の見た目は、今、宙を浮いているカイサルだということだったが、どう見ても金のなさそうな様子からか、俺が店に入っても老人は手元の本から顔も上げず、少しの興味もなさそうにしていた。なので俺が、

「すみません」

と声をかけても、貧乏学生が本でも捜しているのかと思ったようで、「はい？」と無愛想な声を出す。

「『青い月の沈む森からきた』」

「…………」

合言葉を言うと老人は訝《いぶか》しげな顔になったが、すぐに目を伏せると立ち上がり、自分の背後にある奥に通じる扉を開いた。

「ありがとうございます」

にこ、と笑顔で礼を言うと、老人の頬が赤らむのがわかる。

そう、カイサルは相当な美形なのだ。なぜこの顔を活かそうと思わないのか、俺的には謎だ。不幸のまま死ぬことも、それ以前に虐げられる人生を歩むことだって避けられただろうに。それともこの世界ではこの顔は平凡なんだろうか。

「それはないです」

すかさず疑問に答えてくれるルイは本当に使える奴だ。感心しつつ「ありがとう」と礼を言うと、ルイはまたも眉間に縦皺を刻み、ふん、とそっぽを向いた。ツンデレキャラなのかもしれない。今のところツン部分しか見えてないが。

それにしても通路が長い。一体どれだけ奥行きがある建物なんだろう。心持ち傾斜があるので地下に広がっているんだろうか。歩いている間に俺は、自身の計画を頭の中で一通りさらうことができた。

やがて重厚な雰囲気の扉が目の前に現われ、ノックをする。

「どうぞ」

中からの声は若い男のようだった。カイサルから話は聞けるが映像は共有されない。そのへん、調整してもらえないかとルイを見る。と、ルイは俺をじろりと睨むと、俺の希望をスルーし、全然違う話をし始めた。

「因みに僕の姿はこの世界の人間には見えていません。当然、カイサルさんの姿も」

「そうなのか?」

そういえば老人の視線は俺にだけ向いていたと今更のことに気づく。気をつけないとなと思いながら俺は「失礼します」と声をかけ、ドアを開いた。

「ご用件は？」

にっこり、と微笑《ほほえ》みながら部屋の奥にあるデスクから立ち上がったのは、黒髪に黒い瞳の若者だった。わかりやすい美形だ。笑顔は爽やかだが身のこなしには少しの隙も無い。これは油断できないなと気を引き締めると俺は、彼がギルド長かと確かめるためにカイサルを見た。意図が通じたのかカイサルが頷き「サマルカンドです」と教えてくれる。

ありがとうと軽く頭を下げると俺は改めて男へと——サマルカンドという名のギルド長へと向き直り、頭を下げた。

「はじめまして、サマルカンドさん」

ピク、とサマルカンドの頬が微《かす》かに震える。

「どうして俺の名を？」

「ミカエルから聞きました」

「え？」

驚きの声を上げたのはカイサルだったが、その声が耳に届いているのは俺とルイだけだ。

「……で、あんたは？」

「あなたに有益な情報を持ってきました。これからサイモア伯爵家の三男を罠《わな》にかけようとしていますよね？　マリアンヌを使って」

「…………」

サマルカンドの目が鋭くなり、彼の身体から殺気が立ち上っているのを感じる。

「ああ、そんな顔しないでください。あなたにとって有益な情報を持ってきたと言ったじゃないですか。サイモア伯爵家からより多額の金を引き出すにはどうしたらいいか、そのご提案に参ったのですから」

「……あんたの名は？」

サマルカンドの目が益々《ますます》鋭くなる。この辺りで手の内を晒《さら》さないと殺されかねないなと首を竦《すく》めると俺は、にっこりと微笑み頭を下げた。

「申し遅れました。私はサイモア伯爵の次男、カイサルと申します」

「なんだと？」

サマルカンドが唖然とした顔になる。そりゃ唖然ともするだろうと苦笑すると俺は、またもにっこりと微笑むことで己の美貌を強調してから口を開いた。

「ミカエル叔父から私の名を聞いてはいませんか？　サイモア伯爵家には不遇な次男がいる、伯爵がメイドに手をつけて生まれた子供で、伯爵家では使用人にまでつらく当たられていると」

「……それがお前だということをちゃんと証明できるのか？」

そう問うてはいたが、口調が心持ち柔らかくなったのは一応信用してくれているということだろう。

「先程も申しましたが私は冷遇されていますので紋章がついているようなものは所持していません。ですがこれから話す内容で判断していただければと思います」

俺はそう言うと、サマルカンドに向かい身を乗り出し、彼の瞳を覗《のぞ》き込むようにして話し出した。

「サイモア伯爵家の家宝についてはご存じですか？　かつて皇帝より下賜された真珠の首飾り『貴婦人の涙』です」

「聞いたことがあるような……」

首を傾《かし》げたサマルカンドに更に身を乗り出し、声を潜めて話を続ける。

「宝石としての価値はさほど高くないでしょう。古い真珠の首飾りですから。しかしこれを押さえれば伯爵はいくら金を積んでも取り返そうとするはずです」

「なるほど。それは確かに有益な情報だ」

サマルカンドがにやりと笑う。ギルド『長』だけあって頭の回転は速いらしい。

「アホの三男を脅して、首飾りを持ってこいと言えばいいと、そういうことだろう？」

「脅し方にもよりますよ。何せ家宝ですから」

しかしツメが甘いぞと俺は少し身体を起こすと肩を竦めてみせた。

「おそらくですが、美人局《つつもたせ》のようなことをするおつもりだったんでしょう？　マリアンヌと同衾《どうきん》しているところに彼女の男を名乗る強面《こわもて》に踏み込ませるといった」

図星だったようで、サマルカンドが、うっと言葉に詰まる。

「その程度では家宝を持ち出すことを躊躇《ためら》うでしょう。いくらアホといっても」

「ならどうしろと？」

今やこの場の主導権は俺が握っていた。ごくりと唾を飲み込むサマルカンドに向かい、魅惑的に見えるに違いない笑みを浮かべ、頷いてみせる。

「行われていることの場面や音を記録する装置があれば尚いいんですが、用意できますか？」

俺のいた世界なら容易《たやす》いが、ここは見た目が中世だからあまり期待はしていなかった。なければ複数名の目撃者を募ればいいだけのことだと思いつつ、一応問うてみたが、答えを聞いて、さすが、と頷いた。

「魔道具か。あるぜ。ウチを舐めないでほしいな」

なんと、この世界には『魔法』があるとは。しかし予想しなくもなかった。何せここは俺の知る『ファンタジー小説』そのものの世界だったから。文明が発展していないのは発展する理由がないからで、その理由が魔法、ということなんだろう。

「誰でも魔法を使えるわけではありませんから」

と、横からルイが淡々とした顔で説明してくれる。

「魔法を操れるのは魔導師のみです。今あなたが言ったような高度な魔道具は大変高額になり、持つことができるのはごく限られた富裕層のみとなります。また魔法の他には神聖力というのがあります。こちらは聖人のみが使える、治癒の力です。とはいえどちらも世界を変えるほどの力はありません」

人の生死を覆すことはできないということかと納得しつつ、俺は心の中でルイに礼を言うと、改めてサマルカンドに視線を向けた。

「さすがはサマルカンドさん。期待どおりです」

富裕層から巻き上げたのだろうか。それとも彼自身が『富裕層』なのか。どちらでもいいがこれで計画は完璧だ、と俺は浮き立つ気持ちを抑え、彼がこれから行うことを指示してやるべく口を開いた。

「マリアンヌにアホ三男を呼び出してもらうところまでは同じです。しかし呼ばれた先で待っているのはマリアンヌではなく屈強な男たちに変更してください」

「男？」

サマルカンドが訝しげな顔になる。

「その男たちにアホ三男を襲わせます」

「いや、あんたがそのアホな弟を嫌っていることは伝わってきたが、ボコボコにすれば役人に訴えられるんじゃないか？」

私怨かよといった顔になったサマルカンドだったが、続く俺の言葉を聞いて、今日いち、愕然とした顔になった。

「ボコボコにするわけじゃありません。輪姦《りんかん》するんです」

「えっ」

「り、りんかん……？」

驚きの声を上げたのは彼だけでなく、幽霊のカイサルもまた、ぎょっとした顔になっていた。

「趣味悪っ」

ルイが嫌悪感まるだしの表情となり吐き捨てる。しかし二人の顔も声も俺だけに見えているので影響はない、と話を続ける。

「ええ。要は役人には訴えられないような屈辱を与えればいいんです。あなたなら媚薬《びやく》的なものを入手するのも可能でしょう？　強姦されている場面ではなく、男に輪姦《まわ》されてよがりまくっている姿を魔導具で残し、それをネタに脅迫すればいいんですよ」

「えげつな」

批難の声を上げたのはルイだったが、サマルカンドには俺の作戦は非常に気に入ってもらえたようだった。

「なるほどね……その発想はなかったわ。確かにそれなら訴えることもできないだろうし、首飾りを持ってこいという指示にも従うしかないだろう」

サマルカンドが感心した声を上げたあと、にやり、と笑いかけてきた。

「お前も相当なワルだな」

「それだけ恨みが深いということですよ」

にっこり、と微笑んだ俺の前にサマルカンドが右手を差し出してくる。

「乗った、その作戦」

「ありがとうございます。でもまだそこで終わりじゃないんです」

その手を握り返しながらそう告げると、サマルカンドはびく、と身体を震わせ、手を引き抜こうとした。抜かせるか、と力を込めつつ言葉を続ける。

「あなたの不利益にはならないと約束します。ただ私の伯爵家での立場を底上げしたい。そうなれば今後、よりあなたとの関係を密にすることもできますから」

ウィンウィンを狙おうと言おうとし、通じないかと言葉を変える。

「共存共営でいきましょう」

「同胞というわけだな」

わかった、と尚も強い力で手を握り返してくれたサマルカンドに頷いてみせる。

「で？　どうするって？」

「アホ三男を輪姦したあとに気絶させ、私の住む離れの前に捨ててください。離れといっても裏門の近くの小屋なのですぐわかるかと思います」

「わかった。それから？」

「それだけで結構です」

「それだけで？」

サマルカンドがきょとんとした顔になる。

「ええ。要は弱みを握った上に恩を売ることができればいいので」

最初はこの程度だろう。アホ三男を足がかりにのし上がってやる。これから三年間で伯爵家とそしてミカエル叔父に、カイサルの受けた仕打ちをそっくりお返ししてやる。

しかし、と俺は、俺にしか見えていない隣のカイサルを見やった。カイサルはただ、呆然とした様子である。

問題はカイサル本人が復讐など望んでいないことなんだが、それでもやる意味があるのだろうか。俺の気が晴れた、で終わってはルキーシュと約束した千人にはカウントされないのでは？

「そういうのを捕らぬ狸《たぬき》の皮算用っていうんじゃなかったでしたっけ」

ルイが突っ込みつつ、俺を睨む。成功してからそういうことは考えろということだなと納得すると俺は、そこからサマルカンドと金の取り分などの細かい打合せをし、帰路についたのだった。

3

サマルカンドの仕事ぶりは完璧だった。輪姦されたあとも生々しいアホ三男、キャラバンを俺の——カイサルの住む小屋の前にエロ動画を収めた魔道具と共に捨ててくれ、俺はキャラバンの弱みを握った上に介抱してやったという恩も売ることができたのだった。

「ど、どうしよう、家宝のネックレスを持ってこいだなんて……」

男にヤられたショックもあってか、キャラバンは弱り切っていた。普段は虐げていたカイサルに対し、涙ながらに相談してくる。

カイサルの幽霊はそんな異母弟の様子をはらはらしながら見ており、本当にお人好しだと呆れてしまった。この生意気なアホガキに散々な目に遭わされていたことは、新たに与えられた『対象の記憶を読む』というスキルのおかげで正確なところを知ることができたのだ。

ルイは人の話を聞いていないようでちゃんと聞いてくれているところが本当に使える——いや、大変ありがたく思っている、と頭の中を読む彼に対して大仰に感謝の言葉を述べておくことにし、話を進める。

俺はキャラバンに、まず、伯爵と兄に相談してみるのはどうだと持ちかけたが、キャラバンは青ざめ、それだけはできないと首を横に振った。

「家宝を持ち出すしかない。でもきっとすぐにバレる。どうしたらいいんだ、もう……」

ぼろぼろ涙を流す様子を見るに、家族に打ち明けることはないだろうと判断すると俺は、一生懸命考えたという風を装い、キャラバンに提案した。

「役人に届けるのはどうでしょう。親には内緒にしてほしいと言って」

「届け出たら僕の身に何が起こったか、噂を帝国内にばらまくと書いてあった。証拠はいくらでも複製できると……とても耐えられない」

文句を言うばかりで、打開策を一つも思いつかないアホぶりに呆れつつ、それなら、と俺は作戦通りの言葉を告げた。

「交渉してみるのはどうでしょう。家宝を渡すには伯爵の目を誤魔化すための偽物が必要だと。そっくりの偽物を用意してくれたらすぐに持っていくというふうに。そうして時間を稼ぐのです。その間に信頼できる情報屋に依頼し、脅迫者一味を捕らえるという」

「……なるほど。それはいい手だ。でも……」

ここでキャラバンが縋《よが》るような目で俺を見る。

「一人で交渉なんてできない。一緒に来てくれないか。あ、兄上」

「…………」

カイサルの今までの人生でも、三年後に死ぬまでの間でも、このアホ弟が『兄上』と呼んだことはなかった――はずだ。

困ったときだけ頼りやがって、とむかついていることをおくびにも出さずに俺は、

「僕できることならなんでもします」

と健気《けなげ》にもそう告げ、それでも恐怖を感じているとありありとわかる震える拳をしっかり握り締めた。言うまでもなく演技だが。

サマルカンドとの交渉も上手くいった。キャラバンが安堵《あんど》したのも束の間、サマルカンドは二日後に偽物を用意してきて、すぐにすり替えざるを得なくなった。

偽物は実に精巧にできていたので俺はキャラバンを、

「取り返せばいいことだから」

と安心させ、無事に本物の首飾りと偽物をすり替えさせた。

キャラバンと俺が陰でコソコソと打ち合わせていることはすぐに父親の伯爵や異母兄に知れ、俺は夕食を終えた彼らの前に呼び出されたのだった。

「一体何がどうなっている？　キャラバンは何も言わないし」

父親のサイモア伯爵が、じろりと俺を睨む。キャラバンは結局、白状できなかったようだ。

俺への恩義というより、あの『よがり顔』を親に知られたくないのだろう。

キャラバンとの打合せを使用人たちに気づかれるような場所でやったのは、こうした席に呼ばれることを望んでいたからだった。まさに今こそ好機、と俺は内心ほくそ笑みつつ、気

弱に見えるような口調と態度で、伯爵に訴えかけた。

「実は……キャラバン様から僕に相談があったのです。家宝の首飾りのことについて」

「なっ」

事前に打ち合わせていなかったため、キャラバンはますます青ざめ、よせ、というように俺を見る。

「相談だと?」

「ち、ちが……」

伯爵に問われたキャラバンが語り出すより前にと俺は、伯爵を真っ直ぐに見据え話し出した。

「キャラバン様と僕は同じ夢を見たのです。家宝の首飾りは随分前に、偽物とすり替えられているという」

「なんだと⁉　本当か、キャラバン」

伯爵が勢い込んでキャラバンに問い掛ける。キャラバンはあわあわとしていたが、俺が、

「キャラバン様も夢を見たと仰っていましたよね?」

と声をかけると、慌てたように、「あ、ああ」と頷いた。俺の狙いをおぼろげながら察したようだ。

「二人して同じ夢を見たのは不思議ではありますが、所詮は夢です。でももしこれが予知や

予言の類だったら……キャラバン様や僕にそのような能力があったとしたら。家宝の首飾りが本当に偽物にすり替えられているとしたらと思うともう、いてもたってもいられなくなって……それで相談しあっていたのです」

「くだらん。そんなはず、ないだろう」

異母兄のロナールがさも馬鹿にした口調で言い捨てる。

「キャラバンはともかくお前に予知能力だと？　馬鹿馬鹿しい。賤《いや》しい生まれのくせに」

「おそれながらロナール様の夢も見ました」

予想通り、蔑んできたロナールに俺は、こんなことを言ってもいいのかと不安に思っている『振り』をしながら話を続けた。

「ロナール様がタジンという名の借金取りから至急の返済を求められていると……帝都のカジノで作った借金で、金額は二百万。明日にも支払わないと命を奪われかねないと、父上に借り入れを申し入れているという夢でした」

「……どういうことだ？　ロナール」

伯爵がロナールに問い掛ける。ロナールの借金についての情報は、ギルド長のサマルカンドから仕入れたもので、金額や取り立て人についても正確であるはずだった。

おそらくロナールは何かと理由をつけ、父親から二百万の金を引き出そうとしたのだろう。賭博の負けとは正直に言えなかったとみえる、と笑いそうになるのを堪え、俯いていた俺の耳に、慌てた様子のロナールの声が響く。

「で、でたらめです。カジノの借金なんて大嘘です。父上に申し上げたとおり、二百万の金はその……帝都でどうしても欲しい剣を見つけてしまって……その……」

「首飾りだ」

と、ロナールのたどたどしい言い訳を、伯爵の怒声が遮る。

「え？」

「キャラバン、首飾りを持ってこい！」

父親に怒鳴られ、キャラバンは飛び上がるようにして椅子から立つと、バタバタと部屋を走り出していき、間もなく母親の伯爵夫人と共に戻ってきた。

「どうしたの、あなた。首飾りを持ってこいだなんて」

「よく見ろ。本物かどうか。もしや偽物じゃないか？」

「偽物ですって？」

夫人は訝しそうな顔をしたあと、手にしていた首飾りを眺め、首を傾げた。

「今までと変わらないように見えるけど」

そう、そのくらいレベルの高い偽物を、サマルカンドは準備してくれたのだった。専門家に見せれば一発だが、素人の目くらいは誤魔化せるのだ。

「なんだ、やっぱり嘘じゃないか」

ロナールが安堵した顔になり、またも俺やキャラバンを責めようとする。

「鑑定してもらったほうがいいのではないでしょうか。夢では鑑定人が留め金のところを見て偽物だと判断がついたことになっていました」

俺の言葉を聞いた伯爵は、夫人から首飾りを奪い取ると、まじまじと留め金を眺め始めた。

「あなた？」

「……鑑定士を呼べ」

今、伯爵の顔面は蒼白《そうはく》となっていた。

「父上？」

ロナールがおずおずと呼びかける。

偽物の首飾りは、真珠に関しては完璧に近い偽造ぶりとなっているのだが、俺の依頼で留め金はわかりやすく安っぽいものを使っていた。古びているように偽装したので、夫人は気づかなかったようだが、そこ、と指摘されて見た伯爵は無事に気づいてくれたようだ。

「……お前か？」

伯爵がロナールを睨み付け、抑えた声音で問い掛ける。

「え？」

ロナールは何を問われたか、一瞬戸惑ったようだが、すぐにはっとなると、

「違います！」

と大きな声で否定した。

「お前が金に困って売ったんじゃないのか？」

「違います。知りません。なぜ俺が？　第一偽物と決まったわけではないじゃないですか」

焦って言い返すロナールに対する伯爵の眼差《まなざ》しは明らかな疑惑を物語っていた。

鑑定士が来れば偽物と判明する。その前に、と俺は「あの……伯爵様」と伯爵に呼びかけた。

「なんだ」

俺の『夢』をどうやら信じ始めたらしい伯爵は、俺の話に耳を傾ける気になったらしい。真っ直ぐに目を見つめてくる彼に話し出そうとしたとき、背後でカイサルの幽霊が息を呑んだ音が聞こえた。

多分彼はこうして父親と面と向かって話をしたことがなかったんだろう。俺を羨んでいるだろうか。それとも、と思考がそちらに行きかけたのを、あとにしようと退け、口を開く。

「もう一つ、気になる夢を見たのです。ランバルト鉱山のことで」

「……どんな夢だ？」

鉱脈が枯れかけているので売却が決まっている鉱山の名を出したとき、興味を持ってもらえる確率は半々かと思っていたが、伯爵は無事に食いついてくれた。売却するのに金をごまかされるといった情報だとでも思ったのかもしれない。

「あの鉱山、実は鉱脈は枯れていません」

「なんだと?」

金に関することではなかったからか、伯爵は拍子抜けという顔になっていた。だが俺が、

「手放されたあとに新たな鉱脈が見つかり、伯爵様が激怒されている様子を夢に見ました」

と告げると、さっと顔色を変えた。

「あの鉱山を売ろうとしていることは、まだ誰にも言っていない。なぜそれをお前が……」

厳しい顔で問い掛けてきた伯爵だったが、すぐに、

「ああ、夢を見たのだったな……」

と俺からの答えを待たずに納得する。

「……お前の夢は……本物ということか……」

「兄上……」

キャラバンの目が輝いている。彼にはあとで、実は彼が闇ギルドに酷い目に遭わされたことも夢で見たと騙すつもりだった。だからこそ、対応策をすぐ思いついたのだといえば信頼度が増すと思っていたが、それを待たずに増し増しとなっていたようだ。

鑑定士が来て、首飾りが偽物とわかったところで、俺は伯爵の前を辞そうとしたが、伯爵は俺を呼び止めた。

「離れには戻る必要はない。お前の部屋をこの屋敷内に用意させる」

「なんですって⁉」

怒声を上げたのは伯爵夫人とロナールだった。だが伯爵は二人を無視し、執事を呼んで俺を客間に案内させた。

「今日はこちらでお休みください。明日にはカイサル様のお部屋をご用意させていただきます」

執事はさすがにカイサルに対し、直接苛めのような低レベルな行為はしてこなかったようだ。接する機会がなかっただけかもしれないが。少なくともいない者のように扱われてきたというのに、今日は敬語で話しかけてきた上、態度も丁重だった。

「わかりました。ありがとうございます」

使用人には礼を言う必要はない。だがここで礼を言ったのは、俺の——カイサルの好感度を上げておくことに損はないからだ。

少しするとキャラバンが興奮した様子で俺に礼を言いにやってきた。

「兄上のおかげで助かった！　本当にありがとう！　それにしてもよく予言なんて思いついたよね！」

「予言は本当なんですよ」

頭の悪い彼を騙すなど赤児の手を捻《ひね》るより簡単なことで、凄い、と目を見張る彼の耳に優しいことを予言してやると大きなその目はますます輝きを増したのだった。

「ロナール様は伯爵様の信頼を失い、後継者から外されるという夢を見ました。爵位はキャラバン様が継がれることになる、という」

「えっ！　本当⁉　それは凄いや！」

伯爵以上にキャラバンは俺の予言を信じ、これからは仲良くしようと言ってきた。

「兄上もバカだよね。賭け事で二百万もの借金だなんて。とても尊敬できないよ」

そういうお前は女に騙され、家宝の首飾りを盗み出したじゃないか、などという突っ込みを入れることなく、俺は困ったように笑ってみせた。

「爵位か。全然考えてなかった。伯爵になるならいろいろ学ばないと。ぐずぐずしていられないなあ」

すっかりその気になってはいるが、確かこいつも三年後には死ぬ運命だった。短い夢を見るといいと俺はにこにこと笑いながら彼の話を聞いていた。

キャラバンが部屋を出ていくと、にゃあ、という声とともに黒猫が姿を現わし、あっという間に子供の姿となった。

「詐欺師の本領発揮ですね。こんないい部屋、与えてもらって」

「これからだよ。ミカエル叔父も含めた家族同士でいがみ合い、足を引っ張り合って自滅していくようにするんだから」

まだまだ序の口だ、と笑った俺を見て、ルイがぼそりと呟く。

「まさに悪人顔……」

「詐欺師だからな」

仕込みが上手くいっていることで、つい笑顔になる。が、ルイの近くに浮いていたカイサルの表情は、俺の正反対で非常に暗かった。

「どうした？　何か気に入らないことがあるのか？」

俺に課せられた使命は、カイサルの幸福度を上げることだ。千人もの幸福度を上げる必要があるのに、一人目から躓《つまず》くわけにはいかない、と、できるだけ優しい口調で聞いてみる。

「何か希望があるなら、かなえられるよう、努力するよ。父親と会話を持ちたいとか、異母兄弟たちを更に酷い目に遭わせたいとか。ああ、ミカエルはこれからだからな。忘れたわけじゃないから安心してくれ」

「………いえ………」

カイサルは何かを言いかけたが、結局は何も言わずに首を横に振った。

「こいつにこんな贅沢させたくないというのなら、即、離れに戻りますよ」

ルイが横から余計なことを口にする。離れともいえないボロい小屋だが、何か思い出があったたろうかとカイサルの記憶を辿《たど》ろうとしたとき、

「そうじゃないんです」

という細い彼の声が俺の耳に届いた。

「不満ではないということかな？」

理解するにはもう少し話してもらわないと、と、続きを促す。詐欺師というのは相手にいかに喋らせるかで腕の良し悪しが決まるが、俺は『良し』のほうだと思う。自画自賛と笑いたくば笑え。

「自画自賛」

きっちり心を読んだルイが、ふん、と鼻で笑ってくる。この付き合いの良さ、俺のことが相当好きだなと笑いかけてやると——もちろん嫌がらせだ——ルイはシャーッと猫が毛を逆立てているかのような嫌がり方をしてみせた。

「やめろっ！　気持ちが悪い！」

「照れなくてもいいぜ」

「照れてませんっ」

ますます嫌そうな顔になるルイは本当にからかい甲斐がある。しかしあまり怒らせると有益な情報を与えてくれなくなるやもしれないと、この辺にしておくことにした。

ルイとのやり取りは、無事にカイサルの心を癒すことができたらしく、笑顔になった彼に俺はさりげなくまた声をかけた。

「ルイのやつ、可愛いよな」

「ええ。本当に」

目を細めたカイサルに、この流れで、と問い掛ける。

「カイサルさんの笑顔を見られてよかったよ。この状況、楽しんでいるのか不安だったからさ」

「あ……すみません……」

途端に表情が曇る彼に、そういう意味じゃない、と慌てて言葉を足す。勿論《もちろん》『そういう意味』だったんだが。

「違う違う、笑うことを強要してるわけじゃない。せっかく人生をやり直してるんだから、何かカイサルさんがやりたいことはないのかなと、そう思ってさ」

「やりたいこと……ですか」

カイサルが戸惑った顔になる。

「ああ。俺が好き勝手やっちゃってるけど、もしかしたら他にやりたいことがあるんじゃないかなと、そう思ったんだよ」

正直な話、口から出任せではあった。が、カイサルの表情を見ているうちに、なるほど、必要なのはコッチだったかと、遅まきながら俺は気づいたのだった。

それこそが『幸福』への近道だ。なぜ気づかなかったんだろう。ああ、そうだ、あたかも復讐しろといわんばかりのことを、ルキーシュに刷込まれたからじゃないかと気づく。

よく考えれば——まあ、考える前に気づけという話だが、復讐を望んでいない人間のかわりに復讐したところで、幸福になれるはずがないのだ。

「ちょっと失礼ですよ」

ルイが焦ってそう言うのに、

「何が」

と俺が問い返したと同時に、目の前が真っ白な光に覆われ、眩《まぶ》しさから俺は目を閉じた。

「いつ私がお前に復讐を刷込んだ?」

聞き覚えのある――なんて表現じゃ追いつかない、一度聞いたら忘れられない美声が周囲に響く。

「あ、あなたは」

カイサルが唖然としたように問い掛けている相手は、今の今、俺が頭に思い浮かべたルキーシュ、その人だった。って人じゃないか。死神だ。

「だから死神ではないと」

ルキーシュが迷惑そうに言った、その言葉を拾ったカイサルが、「死神……」と呟く。

「違う」

「ご、ごめんなさい……っ」

憮然《ぶぜん》として否定したルキーシュが恐ろしかったようで、カイサルが土下座宜《よろ》しく頭を下げる。この世界でも謝罪の最高峰は土下座なんだ、と感心している俺を、ルキーシュがじろりと睨んできた。

「どうやらまだ、ここにいる意味を正しく理解していないようだな」

「……大変申し訳ありません。ようやく理解が追いついてきたようです」

　しているし！　と言い返したかったが、ここは媚《こ》びておくべきだろう。腰低く頭を下げた俺の耳に、呆れた様子のルキーシュの溜め息が聞こえる。心を読まれるというのは本当になんというか——不便と思いかけ、いやいや、と意識を散らすと俺は、

「それで」

と媚びを売りつつ、ルキーシュの言う『意味』を確認しておこうと問い掛けた。

「私に課せられた使命は、カイサルさんに悔いなく人生を終えてもらうことかと当初考えていたもので、酷い目に遭わせた奴らに復讐をと計画していたんですが、カイサルさん本人がそれを望んでいないのであればその必要はないと、そういうことでしょうか？」

「………」

　ルキーシュは——無言だった。え。無視かよ。それとも自分で考えろというのか？　考えた結果迷ってるんだが、と心の中で呟く俺の横で、ようやく冷静さを取り戻してきたらしいカイサルがおずおずと口を開く。

「あの……騙されてのことだったとはいえ、僕は家族を殺しています。生前、恨みはなかったといえば嘘になりますが、父や異母兄弟に関しては既に自分の手で復讐を果たしているよ

く。

「まあ結果としてはそうなんだろうが……」

俺としては釈然としない。が、重要なのは『俺』ではなく『彼』の気持ちなのだ。おそらく父たちから僕は恨まれているくらいなんじゃないかと」

うに思うのですが……逆に父たちから僕は恨まれているくらいなんじゃないかと」

あっているか？　という思いを込め、ルキーシュを見る。が、ルキーシュは俺を見返しもせず、むっつりと黙り込んでいた。俺も彼の心を読める能力があればいいのだが。大抵の人間の心は読めるが死神は無理だ。早々に諦め、カイサルとの会話に戻る。

「ならミカエルはどうだ？　お前を騙して爵位を受け継いだんだろう？　憎くはないか？　お前の親や異母兄弟を殺したのも奴ということなんだし」

何よりカイサルを殺したのもミカエルだ。さすがに恨むだろうと思いつつ尋ねるとカイサルは、少し考える様子となった。

「勿論、憎くはあります。でも、騙された僕も悪いのではと……」

「どう考えても騙したほうが悪いんだよ」

いらいらして仕方がない。言い放ったあと、なんだか違和感あるな、と首を傾げかけ、すぐにその違和感に気づいた。

『騙されるほうが悪いのさ』

詐欺を働いた相手に対して俺の抱く感情はまさにそれだったと気づいたのだ。

「…………」

確かにそのとおりではある。注意すれば防げただろうに、その注意を怠ったのは被害者たちだ。しかしこれは騙した側が罪悪感を誤魔化すために言うべきものであって、騙された側に言われるとより罪悪感が増すというか。

「あれ」

果たして俺は詐欺の被害者への罪悪感を誤魔化すために『騙されるほうが悪いのさ』と思っていただろうか。普通に、ごく当たり前のこととして思っていたはずなんだけど、とまたも首を傾げた俺の耳に、

「あの」

というどこまでも遠慮深いカイサルの声が響く。

「なんだ？」

何か聞きたいことがあるのかと問い返すとカイサルは言いづらそうにしながらも彼の聞きたいことを口にした。

「ミカエル叔父には、何か報いがあったのでしょうか。そのまま爵位を継いで、特にお咎《とが》めもなければバチも当たらなかったのでしょうか」

「それは俺に聞かれても……」

わからない、と助け船を求めてルキーシュを見やる。だが答えてくれたのは彼の傍《そば》にいた

ルイだった。

「バチらしきバチは当たってないですね。ウハウハのまま八十すぎまで普通に幸せに生きました」

むかつくどころの話じゃない。それを聞いてもまさか『叔父が無事でよかった』とか言うんじゃないか、と案じつつカイサルへと視線を戻す。

「……それは……」

カイサルは今、青ざめていた。彼の顔には今までにない表情が浮かんでいる。

怒り、悔しさ、それに——恨み。ようやくその気になったようだとわかったが、先回りをしてはならないと、俺は彼が喋り出すのを待った。

と、ルキーシュが俺を見て、それでいい、というように頷いている。誘導はするな、カイサルが心から望むことを実現してやれ。そうすれば彼は幸福感を得ることができる。そういうことかとわかりはしたが、腹落ちしたかとなると相変わらず疑問だった。

もし彼が、家族みんなで仲良く幸せに暮らしたいと願ったら？　父親にとっても異母兄弟にとってもバチを当てることはできないじゃないか。いや、俺がバチを当てる必要はないのか。にしてもあいつらにいい目を見せてやるのはなあ、と不快に感じるのは、カイサルの記憶を共有しているからだ。

これが余計ってことなんだろう。ストレスになるから今後、記憶の共有はいらないと言おうと、俺は密《ひそ》かに心を決めた。

「ミカエル叔父に対しては……」

と、カイサルが漸《よう》く心を決めたらしく、思い詰めた表情で口を開く。

「ああ、どうしたい？」

何を聞いても我慢、我慢だと心を決めていた俺だが、続く彼の言葉を聞き、呆れた声を上げてしまった。

「改心してほしいです……」

「はあ？　馬鹿か？　お前は」

しまった、馬鹿は言いすぎだったと慌ててフォローに走る。

「ごめんごめん、君が優しい子だってことはよくわかってるんだけどさ、なんていうか人がよすぎておじさん心配なんだよね」

おじさんって誰だよと心の中で突っ込みつつ、ここが詐欺師の腕の見せどころ、丸め込むしかないと喋り続ける。

「それに、人間というのはそうそう、変われないものなんだ。爵位が欲しいからという理由で実の兄を毒殺するような人間が更生できる確率はかなーり低いよ。どのくらい低いかというと、砂漠に落としたコンタクトレンズを見つけるくらいの低さだ」

「たとえ、わかりにくいです」

ルイの突っ込みを無視し、尚も言葉を続ける。

「しかもその罪を君になすりつけ、我が身を守ったような男だ。表面上、改心したとしても、根っこは変わらない。そういうものだよ。君が死んだあとも人を恨まず健気ないい子でいるのも、人は変わらないっていう証明になると思わない？　ミカエルは八十まで生きるそうだ。ここできっちり叩《たた》いておかないと、君が死んだあと、彼の周囲では大勢の不幸な人間が出ると、そう思わないか？」

「それは……」

カイサルが困り切った顔になっているが、かまってられない、と言葉を続けようとしたとき、地獄の底から響いてくるような盛大な溜め息が俺の耳に届いた。

「全然わかっていないないではないか」

「あ……」

溜め息の主が——ルキーシュが、頭痛を堪えたような顔でそう告げた次の瞬間、サッと手を挙げる。

「うわっ」

途端に周りの世界がぐにゃりと歪み、立っていられなくなってその場にへたり込む。そのままマーブル模様の渦に巻き込まれた俺はいつしか意識を失ってしまったのだった。

4

「起きろ」

遠いところで聞き覚えがあるようでないような男の声が響く。

「聞き覚えがないとはどういうことだ！」

声が激怒するのを聞き、ルキーシュだと気づいて慌てて目覚めた。

「申し訳ありま……あれ？」

目の前にはルキーシュとルイがいるが、カイサルはいない上に、風景が今までとはまるで違っている。何もない、無の状態の中で浮いているこの感じは、最初にルキーシュと出会ったときに近いなと思いつつ、周囲を見回していた俺にルキーシュが衝撃的な言葉を告げる。

「カイサルの回帰は打ち切った」

「なんだと⁉　いや、なんですって？」

言い直しても意味は一緒だ。しかしなぜ、という気持ちが強く、気づけばルキーシュに食ってかかっていた。

「どうしてです？　復讐はこれからだったのに」

「カイサルにとっては復讐がつらそうだったからな」

ルキーシュの言葉を聞き、何も言えない、と俺は口を閉ざした。

違うと言い切ることはさすがにできなかった。カイサルの希望とはかけ離れたことをしてしまったという自覚がじわじわと湧いてくる。

にしても、と俺は言い訳とわかりつつ、つい、ルキーシュに恨み言を言ってしまった。

「……理解不能です。やられたらやり返す、普通はそれを望むものなのかと思ってましたけど、自分を死刑にした原因の叔父に対して『改心してほしい』などという希望を持たれるともう、俺の手には負えませんよ。善人というよりただの馬鹿じゃないですか？　あれは」

喋っているうちに本当にむかついてきて、ルキーシュへの気遣いを忘れてしまっていた俺に、その彼が冷たい目を向けてくる。

「何度も言わせるな。理解したのではなかったのか？　お前がどう思うかではない。やり直すのはお前の人生ではないからだ」

「でもそれがもどかしいから俺にかわりをさせようとしたんですよね？」

そもそもは、と言い返すと、ルキーシュが、う、と言葉に詰まる。

「それってあなたも不満だったということじゃないんですか」

畳み掛けてしまったが、彼の機嫌を損ねれば即座に地獄行きとなる可能性が高いのではと気づき、内心焦りつつ話題を変える。

「と、とにかく、私はあなたのご命令に従うのみです。今回はご期待に添えなかったようですが、次回は必ずご満足いただけるような結果をお約束しますので」

「歯が浮く」

ルイがじろりと俺を睨んだあと、そう吐き捨てる。

「誠心誠意、努めます」

無視を決め込み、深く頭を下げる俺の耳に、ルキーシュの抑えた溜め息が聞こえてきた。

「お前は賢いようで抜けている。口先だけだということを私が見抜けないとでも思っているのか」

「口先だけではないですよ。こっちは地獄行きがかかっているのですから」

調子のいい言葉を並べているだけと思われていたとしたら心外だ、という顔をしながら俺は、本当に心を読まれるというのはやりにくいと心の中で天を仰いでいた。

百人以上もの人間を詐欺にかけておいて、一度も逮捕されていない俺を、詐欺師仲間は天才と呼んだ。自分でも才能があるとは思っている。『天才』と自称するほど厚顔無恥ではないけれども、能力は高いという自覚はあった。

相手の心情を読み、行動を予想し、信頼を得るために言葉と態度で尽くす。息をするより簡単にそれらのことができていたが、ルキーシュやルイにはそうした手が一切通じないというのは頭が痛い。

「当たり前です。人間風情が何を思い上がっているのだか」

ルイが心底馬鹿にした目を向けてくる。人知を超えた存在であるのはわかってはいるが、言い方ってもんがあるだろうと少々むかつきはしたものの、言い返すことなく俺は無言を貫いた。暫し沈黙のときが流れる。

「ルキーシュ様、もう地獄行きでいいんじゃないですか？　千人分どころか、一人分の幸せだって、この詐欺師には集めることはできませんよ」

無視されたことでむかついたのだろう。ルイがそんな意地の悪いことを言い、俺をじろりと睨む。

「もう一度、チャンスをいただけないでしょうか」

正直なところ、自信はない。こんなことは今までの人生では初めてだった。すべてが順風満帆というわけではないが、物理的にどうしようもない場合以外、自分の能力で片づくことはスムーズにこなせてきた――と思う。

自画自賛というわけではなく、事実だ、と、ルイが嫌みを言うより前に頭の中で言い放つ。

「謙虚さのかけらもない」

だが先回りをしたところで嫌みは言われるわけだと苦笑しそうになり、慌てて表情を引き締める。

「お願いします。ルキーシュ様」

再度深く頭を下げた理由は、ルキーシュには見抜かれているだろうが、それでも地獄行きを回避するためには何かをしないと。それで真摯《しんし》な表情を作り訴えかけた俺を見てまたルキーシュは溜め息を漏らしたあと、面倒臭そうにさっと右手を挙げた。

「うわっ」

途端にまた、目の前がマーブル模様になり、眩暈《めまい》を起こしてその場にへたり込む。

「ル、ルキーシュ様……っ」

遠くでルイの声がしたが、その声も間もなく聞こえなくなった——はずなのに、はっと気づくとまた俺は草原のような場所に座り込み、空を見上げていた。

「なんで僕まで……っ」

恨みがましいルイの声にはっとし、視線を向ける。と、ルイと目が合い、更に恨みがましい視線を向けられる。

「文句はルキーシュ様に言うんだな」

肩を竦めてみせたあと、互いに損のない方向でいこうと提案を試みた。

「いや、失敬。気を悪くしたなら謝るよ。ルイ様の力を借りて、さっさとここでの仕事を終わらせよう。ルイ様も早くルキーシュ様のところに戻りたいだろう？」

「なんですかその偉そうな態度。しかも上から。別に僕はあなたがいなくても全然困らないんですけどっ」

ぷんすか怒る姿も可愛い。からかいたいが時間が勿体《もったい》ない、と正論を伝える。

「俺がうまくやらないと、ルイもいつまでもこの世界に留《とど》まることになるんだぜ？　協力したほうがよくないか？」

「それは……っ」

ルイはうっと言葉に詰まったが、認めるのはプライドが許さなかったらしく、ぷいっとそっぽを向いた。と、そこに、

「あの……」

という弱々しい声が背後から響いてきて、俺たちは声の主を振り返った。

「あなたたちは……天使様ですか？　それとも悪魔ですか？」

声をかけてきたのは少し窶《やつ》れてはいるが美しい容姿の少年だった。プラチナブロンドの髪に大きな瞳、少女と見紛《みまが》うといったまさに『薄幸の美少年』である。身なりもみすぼらしいような、と思っている俺の横でルイが、

「どれでもありません」

と冷たく言い放ったかと思うと、前回と同じく相手に確認と説明をし始めた。

「ソレイユさんですよね？　私は神に遣わされてあなたに会いに来ました。あなた、酷い目に遭わされた上で命まで奪われたんですよね？　我々はあなたの無念を晴らしにきたのです。一応ご本人の口から何があったか説明してもらえませんか？」

「……やはり僕は死んだのですね……」

ソレイユが絶望した顔になる。

「身体がつらくないので、死んだのかなと思ってはいたんですが……死んだら天国にいけるものだと思っていました。僕は行いが良くなかったから行けないのでしょうか。それともこの、忌まわしい力のせいでしょうか」

「忌まわしい力？」

説明ではなく、謎の言葉を告げながらさめざめと泣くソレイユを前に俺は、何がなんだか、と首を傾げた。と、ルイがちらと俺を見たあと、不承不承といった様子でソレイユ本人にかわって説明してくれる。

「『先読みの力』は忌まわしい力ではありませんよ。あなたは神様に愛され、その力を得たんです。あなたの心が清らかだから」

「先読み？」

ニュアンス的に予知能力ということだろうか。ルイを見ると、そのとおり、と頷いている。

「凄いじゃないか。回帰もしていないのに予知ができるなんて」

先程まで回帰に付き合っていたカイサルは回帰しているがゆえに未来を『知って』いた。それで未来予知の真似事ができたわけだが、このソレイユは生まれつきそんな特殊な能力を持っているという。

幸運でしかないはずなのに不幸になるとは？　疑問を覚えたのは俺だけではなかった。

「あの、回帰とは？」

ソレイユが戸惑った様子で俺に問うてくる。

「おっと、それに関してはこちらのルイ様が説明します。ルイ様、どのくらい巻き戻っているのですか？」

「なんかむかつく」

ぼそ、とルイは呟いたものの、心細げなソレイユに対し淡々と説明を始めた。

「あなたが亡くなる一年前に世界の時間は巻き戻っています。ですが今のあなたの姿はこの世界の人たちには見えません。この男が一年前のあなたのかわりに、あなたの命を奪った人間に復讐をすると、そういうことです」

「ま、待ってください。僕は自然死だったはずです。誰かに命を奪われたということは……」

ますます心細げな顔になったソレイユを見て、ルイは深い溜め息を漏らした。

「……あの、記録ではあなたは、先読みの力を家族に散々利用されたとなってますけど。先読みの力は寿命を削るものだとわかった上で」

「なんだって⁉」

代償つきの能力だったのか。しかもその代償が命とは。それって神様に愛されたっていえるのかと俺はつい、ルイに批難の目を向けてしまった。

「ルキーシュ様がやったわけじゃないですからね。ルキーシュ様なら本人のためになる能力を付与します」

「へえ」

死神が考える『本人のため』というのはどういうものなのか、興味はあったが、今はそれどころじゃない――と考える間にルイの『死神じゃありませんってば！』という怒声でのツッコミが入った――と話をソレイユに戻すべく彼に問い掛ける。

「今の話のとおりだとしたら、自然死じゃないと思うんだが」

「……無理矢理させられたことではありませんから。家族やそれに『彼』に頼りにされるのはいやではありませんでした。こんな役立たずの僕でも彼らのためにできることがあるならと……」

「いやいや、予知能力以上に役に立つ能力ってそうそうないぞ？　それに『彼』とは？」

誰なんだと問い掛けると、ソレイユの頬がぽっと赤らんだ。透けているので少々わかりにくかったが。

「こんな僕を愛してくれた人です。セシオンという名で……子爵家の跡取りなんです。あ……」

と、ここでソレイユが何かを思い出した顔になる。

「どうした？」

「いえ……そういえばセシオンにも言われたな、と。家族が僕を利用している。だから救い出してあげるよ、と」

「……でもそいつも先読みをさせたんだろう？」

それは救い出すというより、という疑惑の裏付けはすぐにとれた。

「お礼でやったことです。困っているご様子だったので、僕でお役に立てればと」

「どんな未来予知を？」

「それが……すぐに大金がいるとのことで、カジノのルーレットで当たり番号をお知らせしたのですが……」

ここでソレイユの表情が一気に曇る。

「どうやら怪しまれたようで、セシオンはカジノの使いの者に連れていかれそうになったのです。セシオンは使いの者たちに、かわりにいって説明させると僕を引き渡したんですが、その途中、どうも命を失ったようで……」

「…………」

馬鹿なのか？　こいつは。

誰がどう考えても、セシオンという男に利用されただけだと思うのだが、と首を傾げていた俺の横でルイが、コホン、と咳払いをしてから口を開く。

「ちょうどセシオンと出会った頃に巻き戻っています。我々はこれから学園に向かいます。セシオンとの出会いのシーンの再現です」

「懐かしい……！」

ソレイユはとても嬉《うれ》しそうに見えた。どんなドラマチックな出会いだったんだろうと好奇心が芽生えるも、今はそれどころじゃないかと慌てて彼に問いを発する。

「彼との出会いのあと、何か変わったこと、大きなことが起こらなかったか教えてくれ」

「彼の領地に水害が起こりそうだとお知らせしました。先読みの力というのはどういうものか、試しにやってみてほしいと言われて」

嬉しげに語るソレイユを見て、呆れてしまった。命を削ってやることなのに、『試しにやってみて』という軽い依頼を引き受けるとは、どういうことなんだ？　あ、もしや命が短くなることを知らなかったのか？　途中で気づいたということだろうかと確認を取ろうとしたが、その必要はなかった。

「ソレイユさんは子供の頃から家族に先読みを強要されてきたんです。彼は平民ですが、祖父がもと神官で、ソレイユさんの祖母と恋に落ち、還俗したのです。その神官の家系に引き継がれている能力なのですが、日常使いするようなものではなく、国の危機といった大事のときに使われるものだったはずなんです。それを祖父が亡くなったあと、俗物の父親が自分の利益のために酷使させていた、というわけです」

「実の息子の命を縮めて?」

さすがに引く、と驚いていた俺に向かい、ルイが肩を竦めてみせる。

「能力が引き継がれなかったことへのコンプレックスもあったようですけど、一旦大金を手にしたあとには欲に塗《まみ》れたようですね」

「……気味が悪いとよく言われました。子供の頃は、見ようと思わなくても未来が浮かんできたので……」

ソレイユが悲しげな顔でぽつりと呟く。

「でも成長するにつれ、気力を振り絞らないと未来が見えなくなってしまって……亡くなった祖父からはできるだけ使わないように、命を縮めるからとは言われていたんですが、昔は簡単にできたじゃないかと父に責められて仕方なく」

「酷い話だな」

目の前のソレイユはどう見ても健康には見えない。痩せ細って疲れ果てた様子の息子を見てもなんとも思わなかったのだろうかと憤る俺の前で、「でも」とソレイユが明るい顔になった。

「お金を稼げるようになったので、父も母も弟も妹も、幸せそうでした。美味しいものを沢山食べ、綺麗《きれい》な服や立派な宝石を身につけている家族の姿を見るのは僕も好きでしたし、僕も幸せだったと思います」

「………」

『思います』と自身に言い聞かせている時点で幸せではないだろう。まさかと思うが本人、気づいていないのだろうか。しかし気づいていないのであれば指摘するのも気の毒か、と俺は敢《あ》えて突っ込むのをやめ、

「それで？」

と話の続きを促した。

「セシオンもあなたのように、僕が家族に搾取されていると憤ってくれ、僕を彼の屋敷へと連れていきました。その……僕のことが、ええと……」

みるみるうちに赤面していくソレイユの顔を見てピンときた。

「好きだと言われた？」

「……はい……」

頬を染め、嬉しそうに頷く彼を前にし、俺は、やれやれ、と天を仰ぎそうになった。

「彼みたいな素敵な人が僕を好きだなんて信じられませんでした。優しくキスしてくれ、それ以上のことも……もう、夢のようで」

「色仕掛けですね」

ぼそ、とルイが本人には聞こえないような声音で呟く。

「家族は僕を引き留めましたが、セシオンが無理矢理連れ出してくれたんです。僕のこと、

馬鹿だと言ってました。家族は僕を利用していただけだって。愛情なんてなかったんだ、君を愛しているのは僕だけだと……確かに、家族は僕に先読みを強要しましたけど、セシオンはしなかった。彼にはいつも僕から申し出ていました。困った様子でいるのを見ていられなくて」

「馬鹿か」

「え？」

今まで我慢していたというのに、思っていることがつい、口をついて出る。

きょとんとした顔になったソレイユを前に俺は慌ててフォローに走った。

「あ、いや、セシオンに言われたんだろ？『馬鹿か』って」

「あ、はい。言い方はきついけど、僕のことを思いやっているのだと言われて納得しました。お人好しがすぎる、命は大切にしないといけないと泣かれて、胸が痛かったです」

「…………なるほど。よくわかった」

これからそのセシオンと出会うわけだ。俺の役目はまず、セシオンがどれほどクズかを知らしめることじゃないだろうか。利用されるだけされて死ぬとか、可哀想《かわいそう》すぎるだろうと自然と憤ってきてしまう。

「……これは神様のご褒美なんですか？」

ソレイユが俺とルイ、二人に問い掛ける。

「もう一度、人生を振り返ることができるのは」

「まあ、そうなんじゃないかな」

ルキーシュが『神様』かは知らないが、幸福感を与えよという指令で俺達が来たことを思うと『ご褒美』だろう。頷くとソレイユは嬉しそうに微笑んだ。

「ありがとうございます。神様に感謝です」

俺とルイはなんとなく顔を見合わせ、すぐ互いに目を逸《そ》らせた。お人好しどころじゃない、こいつは聖人なんじゃなかろうか。だから『先読み』なんて凄い力を託されたのかもしれない。そこを利用されたのだとしたら本当に気の毒だという憤りを胸に俺は彼と、そしてルイと共に、今日が入学式だという学園へと向かった。

ソレイユに聞いた話だと、入学式のあとにセシオンから声をかけられたということだった。

この学園は貴族も平民も通い、身分より学力がものをいう世界だという。因みに貴族のみの学園、平民のみの学園もあるとのことだが、最も学力が高いのはこのヴェラ学園だそうだ。

「官僚になるための学校なんです。平民にもそのチャンスが与えられているので」

「官僚になりたかったのか？」

だからここに通ったのかと問うとソレイユは「はい」と頷いた。

「先読みの力を国のために役立てることができればと」

そうなればもっと酷使されたんではなかろうか。国にとっては損失だが本人にとってはよかったのかもと思いつつ俺は、このあとの展開を彼に確認した。

「入学式のあと、セシオンが声をかけてくれたんです。二人で話がしたいって」

「どうして彼は君の『先読み』について知っていたんだ？」

そもそもがそこだ、と問うた俺に、答えを与えたのはルイだった。

「ソレイユの父親が相場で大儲けをしたのに目をつけ、使用人を抱き込んで調べたんですよ」

「そうだったんですか？」

ソレイユは初耳だったようで、びっくりした顔になっていた。本人が知らないとなるとどうやって声をかけたのかと疑問を覚えつつ、入学式を終えると俺は、生徒たちの流れに乗り、講堂から教室へと向かって歩き始めた。

「ねえ、君」

来た！　背後から爽やかな声音が聞こえたのに、俺はよし、と頷きおどおどと後ろを振り返った。

「あ……僕ですか？」

目の前にいるのはいかにも貴族、といった雰囲気の若者だった。とにかくキラキラしている。そして顔がいい。制服は同じはずだが、彼が着ると高級感が漂っているように見える。きっちり整えられた髪、爪の先まで手入れのいきとどいた綺麗な手。笑うと口元から零れる真っ白な歯。なるほど、これは圧倒されただろうと思いながら俺は、

「あ、あの……？」

と相変わらずおどおどした様子で彼に問い掛けた。

「失敬。僕はセシオン・リュミエール。君はソレイユ君だよね？　ちょっと話がしたいんだ。時間、ある？」

「話……ですか？　このあと教室に行くんじゃなかったでしたっけ？」

そして教師の話を聞くことになっていたような、と入学式の最後に壇上の教諭に言われたことを思い出して告げると、セシオンは意外そうな顔になった。

「うん、そうだね。でも時間は取らせないよ。ちょっとだけ、いいかな？」

「……ええ、まあ」

強引だなと呆れてしまったが、ちらと横に浮かぶソレイユを見上げると、うっとりした顔となっていた。

「ちょっと強引なところがかっこよかったんです」

「…………」

彼とは趣味が合わないようだ。かっこいいか？　と不満を抱きながらも俺は、

「少しなら」

と頷き、セシオンのあとに続いた。

渡り廊下を突っ切り、セシオンが俺を連れていったのは中庭だった。

「ごめんね、君、先読みの能力があるって本当?」

「いえ?」

いきなりかよ、と驚きながら、即座に首を横に振る。

「え? 違うの?」

セシオンは明らかにむっとした顔になっていた。ソレイユが——中身は俺なのだが——嘘をついていることにむかついたらしい。

「はい。違います。それでは」

ぺこりと頭を下げると俺は、唖然としているセシオンを残し渡り廊下に向かって駆け出した。

「あ、ちょっと」

背後で彼の声が響いたが、そのまま無視して教室へと向かう。

「どうしたんですか?」

ソレイユは不安そうな顔で俺に聞いてきた。

「作戦ですよ。これで彼はもっとあなたに夢中になる」

「えっ」

ソレイユが頬を赤らめる。嘘をついていることへの罪悪感が久々に俺の胸に芽生えた。前世で詐欺を働いていたときには一度も感じなかったものだ。ここまでの純真な相手を騙したことはなかったからなと心の中で呟きながら俺は、きっと下校時にまたセシオンが声をかけてくるに違いないという確信を抱いていた。


予想どおり、セシオンは俺を校門の外で待っていた。

「どうやら誤解がありそうだ。僕の話をちょっと聞いてもらえないだろうか」

セシオンは随分と注意深くなっているように見えた。この上なく礼儀正しく、そしてこの上なく優しくみえるよう、心がけているようだ。

「はい……」

弱々しく頷いた俺をセシオンは馬車に乗せ、彼の屋敷へと連れていった。

「すごい……！」

豪華さに感動してみせるとセシオンは満足そうに笑い、「寛《くつろ》いでね」と優しい言葉をかけてきた。

「あの、お話って？」

すぐに何種類もの菓子やお茶がメイドによって運び込まれ、『接待』が始まった。恐縮するふりをしつつ俺は、おずおずと用件を問い掛けた。

「実は君のお祖父さんと僕の祖父が知り合いらしくて、君の家に伝わる『先読み』の能力について聞いたんだ」

なるほど、そうきたか。さすがに『使用人を買収して聞いた』とは言えんよなと思いつつ、驚くふりをする。

「そうだったんですね。ごめんなさい、とぼけてしまって。家族からあまり『先読み』のことは他人《ひと》に話すなと言われているもので……」

申し訳なさそうな顔でそう告げた俺にセシオンは、

「気にしなくていいよ」

と優しく笑ってくれたが、続く俺の言葉には顔を引き攣《つ》らせることとなった。

「お祖父様同士が知り合いだったなんてびっくりです。セシオン様のお祖父様、お名前はなんておっしゃるのですか?」

「えっ」

だいたいツメが甘いんだよ。動揺した様子の彼に俺は笑顔で畳み掛けた。

「祖父から名前を聞いたことがあるかと思って。貴族のかたと知り合いなどという名誉なことだったら、話題に上ったことがあるんじゃないかなと、思い出そうとしてるんですけど……」

「ああ、いや、どうだろうね。それより、先読みってどういうことなの?」

慌てて話題を戻そうとするあたり、素人かよ、と呆れてしまった。おっと、まさに素人だった。

「未来が見えるという能力なんですが、見るためには命を削る必要があるので、滅多なことでは使わないようにと、祖父からきつく言われています」

「そ、そうなの？」

またもセシオンは焦った顔になっていた。こうまで言われたらさすがに『試しにやってみて』とは言えないだろう。人でなしでない限り、と心の中で呟きつつ、次なる反応を待つ。

「君の家族は君のその能力を頻繁に使ってるのかと思ってたんだけど……もしかして無理してたの？」

祖父同士が知り合い設定はどうした？　本当にツメが甘いぜと俺は、ちらとソレイユを見上げた。ソレイユの表情は一言では表現できない、複雑なものだったが、彼もようやくセシオンの正体に気づきつつあるのかもしれなかった。

「そんなことありませんよ。頻繁に能力を発揮したら死んじゃいますから」

「そ、そんなに大変なの？」

「はい。とても苦しくて。先読みをしたあとには三日は調子悪いです。寝込むこともあります」

「そ、そうなんだ……」

セシオンの笑顔が引き攣っている。これ以上、ここにいる意味もないかと俺は、

「あの、そろそろ失礼します」

と頭を下げ、立ち上がった。

「あ、うん」

セシオンが何かを言いかけ、黙る。

「ごちそうさまでした。また学園で」

「送っていくよ」

おそらくセシオンには、予知能力が必要なことが迫っているのではないだろうか。しかし『死ぬ』とまで言われては簡単に依頼もできない。となるとこれから彼は俺を——ではなくソレイユを誘惑にかかるだろう。

もと結婚詐欺師相手にどこまでやってくれるか、期待しておこうじゃないかと思いながら俺は、

「そんな……申し訳ないです」

と恐縮しまくる振りをしつつ、少しは期待を持たせるため、恥ずかしげに笑ってみせたのだった。

5

ソレイユの家での生活は、俺からしてみたら『冷遇』の一言に尽きた。

商人の中でも『豪商』といっていいレベルの金持ちぶりだったが、ソレイユの部屋はみすぼらしく、食事も彼だけ別にとらされていた。

「なんで？」

本人に聞くと、肉や魚を食べないようにと言われているからと教えられ、愕然《がくぜん》とした。

「なんで⁉」

「もともと神官の持っている力だから、神官と同じ食事をすれば能力が上がるんじゃないかと言われて……」

答えるソレイユにはなんの不満もなさそうだった。

「能力に関係あるのか？」

ルイに確かめると「ないと思いますよ」と肩を竦《すく》められた。

それなら、と俺は、その日の夕食時に食堂に乗り込み、今後は家族と同じ食事にしてもらいたいと父親に言い放った。

「先読みの能力が衰えたらどうするんだ。この家はお前の能力でもっているんだぞ？」

父親は見るからに『俗物』といった雰囲気の男だった。母親もきょうだいも同じくだ。

「僕でもっているというのなら、生活の改善を要求します。肉も魚も食べさせない、掃除も行き届いていないような狭苦しい部屋に押し込められたままでは、いつ死ぬかわかりませんよ？　死んでもいいと思っているのでしたら現状維持で結構ですけど」

一気にまくし立てると、父親も母親も憤怒《ふんぬ》の表情となり、何か言い返そうとしてきた。が、俺が、

「待遇改善されないかぎり、先読みはしません」

と宣言すると、怒声を飲み込んだのだった。

「……一体どうしたの？　今までそんなこと言わなかったじゃないの」

母親が不満げな顔をしつつ聞いてくる。

「学園で何か余計なことを吹き込まれたのか？」

父親も不機嫌になっていたが、よほど『先読み』が必要なのか、攻撃してくることはなかった。

「お祖父様から言われたじゃないですか。先読みは命を削るものだから滅多なことではしてはいけないと。お忘れですか？」

「こ、子供の頃は聞くより前にあれこれ教えてくれたじゃないか」

父親は今や完全に焦っていた。このまま俺が『先読みをやめる』と言い出すのではと案じたようだ。

「確実に命が削られている気がするんですよね。こんなに痩せたし。見るからに体調悪そうじゃないですか？　気になりませんか？」

「き、気にしてたわよ。大丈夫？　ソレイユ」

母親が今更気にして見せたが、絶対嘘《うそ》だと苦笑してしまった。

「大丈夫じゃないです。食事は部屋に運ばせてください。肉が食べたいです。ワインもお願いしますね」

それでは失礼しますと一礼し、部屋に戻る。明日はこの部屋を住みやすくしてもらおうと思っていると、ソレイユが、

「あの……」

と声をかけてきた。

「ああ、悪い。もしかして不愉快だったか？」

これから一年、ソレイユとして生活しなければならないとなると、環境を整えたいと思ったのだが、不快にさせただろうか。一番大切なのは彼の幸福感だと、ルキーシュに散々言われていたことを思い出し、慌ててフォローに走る。

「もし不満だったら言ってくれ。改善するから」

「いえ、なんだかびっくりしてしまって。僕も我慢せずに言えばよかったなと」

「ああ、よかったよ。他に何か希望はないか？」

安堵《あんど》しつつ問い掛けるとソレイユは、

「あの……」

と頬を赤らめつつ口を開いた。

「もう少し、セシオンに優しくしてもらえませんか？」

「え？」

聞き違いか？ と突っ込もうとしたのに、ルイが言葉を挟んでくる。

「確かに塩対応でしたね。あれも作戦なんですか？」

「そのとおり」

頷《うなず》くとソレイユは安堵した顔になったが、それを見て俺の方が不安になった。

「よかった……嫌われたくないんです」

「………」

だから、と文句を言いそうになり、ぐっと堪《こら》える。

「セシオンの裏切りがわかるのは亡くなったあとだから」

ぼそ、とルイが呟《つぶや》いたのを聞き、なるほどねと納得はしたが、にしても、と憤らずにはいられなかった。しかし大切なのはソレイユの幸福感、と己に言い聞かせ笑顔を作る。

「任せろ。メロメロにしてやるから」

「メロメロなんて……」

ソレイユが頬を赤らめ、そこまでは望んでないけれどと、もじもじするのを前にし、俺とルイは今回もまた無言で顔を見合わせてからそれぞれに抑えた溜《た》め息を漏らした。

ソレイユの反応を見るに、彼にとって家族はどうでもいい存在のようだ。恨みもなければ愛情もない。彼の興味の大半はセシオンに向いている。そして復讐《ふくしゅう》を望んでいない。となると俺は何をすればいいのだか、と、ルイを見る。

「自分で考えてください」

しかしルイが助けてくれるわけもなかった。彼もきっと何も浮かばないのだろうと、意地悪ではなく単に納得しただけなのだが、途端に彼に噛《か》みつかれた。

「自分と一緒にしないでください！　僕にはよくわかってます！」

「なら教えてくれよ」

「教えません」

つんとすましてみせるルイだが、俺が心の中で『嘘をつけ』と言ったことが聞こえているだろうに無視を決め込んでいるのは、本当に解決策がわからないからだろう。仕方がない、と俺は溜め息をつくと、気持ちを切り換え、今後のことを考え始めた。

まずはソレイユに家族あてにした予言を思い出してもらい、ざっと書き出す。小出しにして見せるか、それともこれが最後のつもりだと言って一気に見せるかは、もう少し考えることにした。

セシオンに関する予言も頭に叩《たた》き込み、明日に備える。おそらく接触してくるだろうという予感は当たり、教室に入った途端に彼から声をかけられた。

「ソレイユ君、隣、いいかな？」

「あ、はい。あの……」

興味深そうな視線が集まってくるのがわかる。セシオンは貴族、ソレイユは平民というのもあるだろうが、セシオンがなかなかの有名人だからのようだ。その理由をソレイユは彼の美貌だと思っていたが、皆の表情からみると素行の悪さが既に有名だったのではないかと思えなくもない。

ソレイユの耳にそんな噂《うわさ》を届ける人間は誰もいなかった。入学早々こうしてセシオンにロックオンされたのが災難だったのだ。

ソレイユは本人に自覚はないが、相当の美少年である。遊び人の子爵令息に手を出された美貌の平民、なんて気の毒な——という目で見られていたことに、本人が気づかなかったのはよかったんだか悪かったんだか、と思いつつ俺は、ソレイユの希望もあることだし、と申し訳なさそうな顔で謝罪の言葉を口にした。

「……昨日は申し訳ありませんでした。僕、すっかり舞い上がってしまって、失礼なことを言ったんじゃないかと心配で……」

「何も失礼なことなんてなかったよ。こっちこそ、初対面なのに君のことあれこれ聞いてごめんね」

優しく微笑《ほほえ》むその笑顔は確かに眩《まぶ》しい。家族からも冷たくされ、愛に飢えていたソレイユならぼうっとなるのも無理はない。

しかしこの笑顔が偽物であることは明白だった。まさに生前の俺が多用していたものだからだ。俺はこんなふうにバレバレ状態じゃなかったがな、と呆《あき》れてしまいながら、彼以上の『演技』で対応するべく首を横に振ったのだった。

「そんな……謝ってもらうようなことは何も……」

恥ずかしいけどめっちゃ嬉《うれ》しい。でも口下手だからそれを伝えることができずもどかしい。このくらいのバリエーションは見せてほしいものである。

「よかった。また家に誘ってもいいかな？　今度は食事に招待したいと思ってるんだ」

「誘ってもらえて嬉しいです。でも……いいんでしょうか。僕なんかがセシオン様と……」

「何を気にしているのかわからないけど、僕は君と仲良くなりたいんだ。そう、友達になってほしい。早速今日、家に来ない？　夕食を一緒に食べよう。今日は父も母もいないから気楽だよ」

「……あ、ありがとうございます。家族に夕食はいらないと連絡を入れてからでもいいですか？」

「家族に？」

セシオンが戸惑った顔になる。ソレイユの家の使用人からの情報はまだアップデートされていないようだ。こんな出来損ないに騙《だま》されるとは。人生経験を積ませてやりたいぜと俺は心の中で呟きつつ、

「はい。用意してくれていると思うので……」

と俯《うつむ》いて答えた。

「それなら使いを出そう。僕が家に招待したと言えば、ご家族も安心できるだろうし」

「安心どころか……大感激すると思います……！」

持ち上げてやるとわかりやすく得意げな顔になる。彼を騙すのは容易《たやす》い。だが油断は禁物、と気を引き締め、更に彼を持ち上げることにした。

「僕も実は、未だに信じられずにいるんです。セシオン様に気にかけていただけるなんて……」

「あはは、そんなたいそうなものじゃないよ。それに学園内では身分にとらわれない付き合いが奨励されている。君もどうか『様』なんてつけず、『セシオン』と呼んでほしいな。僕も君をソレイユって呼ぶから」

「そんな……畏れ多いです……っ」

「畏れ多くないって。ほら、呼んでみて。ソレイユ」

「で、できない……」

「呼んでよ。セシオンって」

「セ……セシオン」

「ソレイユ」

「セシオン……！」

「ちょっと痒《かゆ》いんですけどっ」

途端にルイの、心底ぞっとした声がし、視線を彼へと向ける。俺もだ、と心の声で話しかけるとルイは、やれやれという顔になった。隣で幽霊のソレイユが嬉しそうな顔になっているのがまた痛ましい。

「友達になってくれる？　ソレイユ」

セシオンが甘やかな言葉を甘やかな表情で告げ、にこ、と微笑む。

「……僕でよければ……よろこんで……っ」

居酒屋かって、と心の中でセルフツッコミをしつつ俺は心底感動しているふうを装い目に涙まで浮かべてみせたのだった。

授業が終わると俺はまたセシオンの馬車に乗せられ、彼の屋敷へと向かった。

「君の好物がわからなかったから、色々用意させたんだ。苦手なものがあったら言ってね。

あと、好きなものがあったら教えてほしい」

「……ありがとうございます。こんな豪華な食事、とったことなくて」

「え？　君の家は豪商だろう？　こんなものよりいいものを食べてるんじゃないの？」

「いえ……『先読みの力』のために、肉を食べないほうがいいと言われてて。でも、肉なんて関係ないんです。食べても食べなくても、『先読み』はできるので」

「なんてことだ。君は家族につらくあたられているんだね。そうだ、いっそ、ここで暮らさないか？」

「え？」

戸惑った声を上げはしたが、隣でソレイユが歓喜している顔を見ているので断るつもりはなかった。

「僕なんかが……いいんでしょうか」

「いいに決まっている！　僕は君のために何かをしたいとずっと思ってたんだ。だって僕たち、友達だもの」

いや、昨日会ったばかりだろうがと突っ込みたかったが、やはり感動しているソレイユを見てしまうと同じように感動してみせるしかなかった。

「……嬉しいです。セシオン」

「ソレイユ……」

見つめ合うこと十五秒。

「そうと決まれば早速、君のお宅に挨拶に行こう」

善は急げ、と立ち上がったセシオンの勢いに押され、彼と共に家に向かう。父親も母親も
そして兄弟たちも唖然《あぜん》とする中、セシオンは彼らに、

「今日からソレイユをお預かりする！」

と宣言し、言い返す隙を与えず、そのまま屋敷に取って返したのだった。

その間に俺の部屋が用意されていた。どうやらセシオンは俺に過分なほどの恩義を与える
ことで、引き換えに『先読み』を要求するつもりのようだ。

「僕には勿体《もったい》なさすぎます」

乗ってやるか、と恐縮しまくってみせると、セシオンは、

「そんなことはない。僕の気持ちだよ。君に少しでも快適に過ごしてほしいから」

と、早速恩着せがましいことを言ってきた。

「でも……僕には何も返せるものがないから」

ぽつんと呟いたあと、沈黙が流れる。ここは嘘でも『かまわないよ』と言うべきだろうに、
と呆れながら俺は、

「あ」

と今、思いついたような声を上げた。

「どうしたの？」

セシオンの瞳が期待に輝いている。本当にゲスな野郎だと嫌悪を笑顔の下に隠し、セシオンの期待に応える言葉を口にする。

「お礼に、セシオンのために『先読み』の力を使うよ。僕にできることはそのくらいだから……」

「いいのかい？　命を縮めることになるって言ってなかった？」

さも心配そうにしているが、演技であることはミエミエだった。ソレイユはわかっていないのかと彼の表情を見やり、あれ？　と気づく。

客観的に見たからか、さすがに彼もセシオンの演技に気づいたようだ。ならよかった、と安堵しつつ俺は、

「やらせてほしいんだ」

と言い、「でも」躊躇《ためら》う振りをするセシオンに笑顔で頷いてみせた。

「僕がやりたいんだ」

「……それならお願いしようかな……？」

セシオンに言われ、俺は目を閉じた。

「うっ」

暫《しば》し苦痛に呻《うめ》く振りをしてみせたが、セシオンは何も言わずに見ているだけだった。

「……はあ……」

つらかった、と言いたげな溜め息を漏らし、額の汗を拭う素振りをする。

「……どうだった?」

そこはまず『大丈夫?』じゃないのか。こんなに苦しんでみせたのにと、溜め息を漏らしたい気持ちを堪え、弱々しく微笑むと俺はこくんと首を縦に振った。

「どんな未来が見えたのかな?」

セシオンの興味はそれのみ。重ねて問うてきた彼に答えるより前に、俺はまた、ちらとソレイユを見上げた。ソレイユは未だ呆然《ぼうぜん》としていたが、その顔は酷《ひど》く悲しげだった。

「……三ヶ月後、河川の氾濫《はんらん》が起こるようです。今から備えれば災害は防げるのではと思います」

「河川の氾濫? どこの河だい?」

勢い込んであれこれ聞いてきたセシオンは、

「ちょっと父上のところに行ってくる!」

と言葉を残し、部屋を出ていってしまった。室内に一人取り残された俺は、未だに悲しげな顔で浮いているソレイユに、

「大丈夫か?」

と労《いたわ》りの声をかけた。

「……はい……」

　ソレイユが力なく頷いたあと、はっとした顔になる。

「あの、苦しそうにしていたのは演技ですよね？　本当に苦しいわけではないですよね？」

「ああ。俺には『先読み』の力はないから」

　答えるとソレイユは「よかった」と安心したように微笑んだが、すぐ、はあ、と溜め息を漏らした。

「セシオンの本性がわかっただろう？」

　俺の指摘に、ソレイユは、びく、と身体《からだ》を震わせたが——とはいえ実体はないのだが——首を縦には振らなかった。

「……演技とわかったのかも……」

「……可能性はゼロじゃないけどな」

　セシオンのわざとらしい演技と俺の天才詐欺師としての演技。比べるまでもないだろうとは思ったが、それでも肯定してみせたのはソレイユに寄り添うためだった。人のいいソレイユを懐柔するには上から言うより効果的だという俺の読みは当たり、すぐに彼は、

「……申し訳ありません」

　と涙ながらに謝罪をしてきた。

「何を謝るんだ？」

わかっていて聞いてやるとソレイユは、

「わかっているんです」

と泣き出した。

「セシオンの心配は演技だった。彼が僕に求めていたのは『先読みの力』だけだったって。直接言われたときにはまったく気づかなかったけど、あなたに対する彼の態度は演技だとはっきりわかりました。なのに僕は……僕は……」

馬鹿です、と泣きじゃくる彼を宥《なだ》めるには、肩を抱いてやるとか胸を貸してやるとか、背を優しく叩いてやるとかが効果的なんだが、いかんせん、透けてしまっているのでそれができない。

「ルイ」

彼ならできるのではと思い名を呼ぶと、ルイは、自分にもできないと首を横に振った。

「……部屋を出ていくときにも、僕の体調を気遣う言葉はありませんでしたね……」

随分と気持ちが落ち着いてきたのか、はたまた涙が涸《か》れたのか。掠《かす》れた声でぽつりとそう告げたソレイユは非常に痛々しかった。

「これから仕返ししてやるから」

元気出せ、と告げるとソレイユは一瞬、何かを言いかけたものの、すぐ、

「ありがとうございます」

と礼を言い、頭を下げた。

これから一年がかりでセシオンとの仲を深め、破滅へと導くことになるのだが、ソレイユは既にセシオンの本性を知ってしまった。彼にとっては一年も偽りの愛情を目の当《ま》たりにするのはつらいだろう。一気に一年後まで時間を送ってもらうわけにはいかないだろうか。あとでルイに聞いてみようと思っていると、ルイからは早々に、

「無理ですね」

とあっさり断られてしまった。

「理由は？」

「時空に歪《ゆが》みが生じてしまうからです。一旦時間を巻き戻すだけでギリギリなんですよ」

「そうか」

よくわからないが、ダメなら仕方がない、と納得したというのに、ルイはくどくどと言い訳を続けた。

「できるものなら僕だってそのほうがいいと思うんですけど、もし時空が歪んでしまうと、魂の転生ができなくなっちゃう可能性があるんです。歪んだ時空に閉じ込められてしまったらそれこそ、可哀想《かわいそう》なことになるので……」

「わかった。ならセシオンの破滅を一年前倒しにするのは問題ないよな？」

「ええ、それはまあ……」

訝《いぶか》しげな顔になりはしたが、ルイは頷いて寄越した。

「よし。一年後、セシオンが借金まみれになるカジノってどこだ？　そのカジノの元締めについてもついでに教えてもらえるとありがたい」

ルイならお手のものだろう、と、持ち上げようとするのを待たずにルイは答え始めた。

「カジノロワイヤル。元締めはあなたも知ってる人ですよ」

「え？　俺が？」

この世界で知っている人間などいないのだが、と首を傾《かし》げかけ、もしや、とその名を口にする。

「ジェームズ・ボンド？」

「誰ですか、それ」

『カジノロワイヤル』からの発想だったが違ったようだ。となると、と、考え、

「ルキーシュ？」

唯一この世界で知っている名を告げると、ルイは「ブッブー」と意地悪く不正解を宣言した上できっちり馬鹿にもしてきた。

「ルキーシュ様がそんなチャチな役割を果たすわけがないでしょう。ちょっと考えれば……いいえ、考えなくてもわかるはずですけど」

「じゃあルイ？」

「馬鹿じゃないですか」

呆れてものが言えません、と肩を竦める彼に降参の白旗を揚げる。

「わかりません。教えていただけませんかね、ルイ様」

「サマルカンドですよ」

「えっ」

懐かしい名につい、驚きの声を上げてしまった。

「前回と同じ時代、同じ国、同じ都市だったってことか」

「時代的には十年ほど経《た》ってます」

「イケオジになったサマルカンドに会えるってことか。ああ、でも……」

気づかれたりしないかと案じかけ、相手から見える俺の外見は違うものになっているのかとすぐ気づいた。

「再会が楽しみだな」

「向こうからしたら初対面ですから」

「わかってるって」

一から人間関係を築くのはちょっと面倒くさいが、そうも言っていられない。彼の人となりはわかっているので、『一から』というわけでもないし、と自分を慰めると俺は、サマルカンドへの対応策を組み立てていった。

サマルカンドのアジトはなんと、十年前と変わっていなかった。合言葉は通じるか不安だったが、すんなり奥に通されたところを見ると有効だったらしい。

「懐かしい合言葉で驚いたよ。昔の顧客かと思ったが、知らない顔だな」

対面したサマルカンドの外見にさほどの変化はみられなかった。エイジングケアの賜なのか、それとも類い稀《まれ》なるメイクテクニックのおかげなのか。この顔が本当の顔ではなく作られたものだからということかと思いつつ俺は、

「はじめまして」

と頭を下げ、用件を話し出した。

「実はお願いがあって参りました。お願いといってもあなたの損にはならない、いえ、損どころか利益を生むこと間違いなしの取引です。話を聞いてはもらえませんでしょうか」

「うーん、なんだか既視感があるなあ」

サマルカンドが苦笑しつつ、じろじろと俺を観察し始める。

「度胸がとびきりいいところといい、こちらの興味を惹く手口の素晴らしさといい……本当に初対面か？　俺達は」

「はい。そのはずです」

回帰する前、会ったことはないよな？　と横に浮いていたソレイユをちらと見る。ソレイユは知らない、と首を横に振ったあと、こわごわと室内を見回していた。彼と闇社会はやはり無縁だったようである。

「で？　取引というのは？」

「実は私には先読みの力があるのです。とはいえ自分の未来しか見通せないものなのであまり役には立たないのですが」

「先読み？　そんな一族がいると聞いたことがあるが……」

さすがといおうか、サマルカンドは突拍子もない話題を出したというのに、動揺する素振りを一ミリも見せなかった。闇の元締めというだけのことはある。十年前は同等に渡り合えたが、十年を経た今、経験を積んだ彼は俺のようなケチな詐欺師が丸め込める相手ではなくなっているかもしれない。

とはいえ、トライするしかないんだがと、俺は更に彼の興味を惹《ひ》くべく、話を続けた。

「はい。僕は先読みの力が弱いので自分に関することしか読めません。しかし、一族の噂を知る者は、世の中の未来が読めると勘違いをして、それで僕を利用しようとするのです。今も一人、そんな人につきまとわれていて、どうしたものかと……」

「うーん、話の真偽はともかく、お前を助けたところで俺にどんなメリットがあるっていうんだ？」

　サマルカンドが俺の話を遮る。

「僕は自分の未来が見えます」

「それは聞いた」

「将来僕はあなたの経営するカジノで、不正を働かされます」

「不正だと？」

　サマルカンドは相変わらず笑顔だったが、キラ、と目が光ったのを見逃す俺ではなかった。

下手をすると殺《け》される、と緊張を高めつつ話を続ける。

「ルーレットの目を読めるからです。まあ、未来を読むには自分の命を削ることになるんですけど、それでも僕は『彼』のためにルーレットで次に出る目を読み続け、あなたのカジノに多大な損失を、そして『彼』には莫大な富を与えた挙げ句にボロ雑巾のように捨てられます。不正を疑ったカジノに『彼』は僕を引き渡したのです」

「……なるほど。将来的に痛い目に遭わされる……いや、殺される恨みを言いにきた、で、合ってるか？」

　サマルカンドの気は未だ引けていない。帰れと言われる前に、と話を切り出す。

「いえ。あなたがたに引き渡される前に僕は死ぬんです。先読みは寿命と引き換えってさっき、言いましたよね？　なのであなたがたは損はさせられるわ、金は取りはぐれるわと、さんざんな目に遭うんです。今から一年後に」

「………それがわかっているなら……」

サマルカンドの言葉を遮る。

「お前が協力しなければいい、ですよね。でもそれがわかったのが今でして。しかも僕は先読みはできますが、運命を変えることはできないので、死ぬは死ぬんです。でもそれならこれから酷い目に遭わされそうになっている相手に先回りで復讐しておこうかなと思いまして。それには将来、痛手を受けるカジノに手を貸してもらえないかなと、そう思ったんです」

「………」

一気にまくし立てたが、サマルカンドの反応は鈍かった。

「作戦としては、僕が先読みをして、最初は『彼』に稼がせます。その後、大勝負をふっかけてもらえたら、そこで僕は読みを外しますから。『彼』は大借金を背負うことになりますけど、そのときには僕は姿を消しているということで。もともと『彼』は裕福な貴族の息子なので、親から金は取れると思います。親の名前もお知らせしますが、僕を差し出されてもいらんと言ってもらえますか？」

「………」

おかしいな。これだとカジノは損を出さないし、サマルカンドにとっては貴族を脅して金を巻き上げることなど朝飯前だろうし、相手が貴族なら金額が莫大になっても取りはぐることにはならないはずだ。

躊躇う理由は何もないはずだが、と考え、もしや俺の能力を信用できないのかと察する。何かそれっぽい予言をしたほうがいいのだろうかと考えていたところ、ようやくサマルカンドが口を開いた。

「お前の予言っていうのは、読もうと思えば読めるのか？」

「え？　あ、はい。自分に関することだけですけど」

やはりそうだったか、と、問いに答える。

「命を削るっていうのは？」

「文字どおり、一回先読みをすると、身体に負担がかかるだけでなく、寿命を縮めることになるんです。僕の先祖が皆、短命なのはそのせいで」

「さっきの作戦だが、ルーレットの目を読むたびにお前の命は削られるんじゃないのか？」

「え？　ええ」

その問いの意味は、と首を傾げつつ頷いた俺は、続くサマルカンドの言葉に仰天したせいで声を上げることとなった。

「敢《あ》えて命を縮める必要はねえだろ。コッチで適当にいかさまするから、あんたは傍《そば》についていれば……いや、来なくてもいいぜ。その『彼』が誰かを教えてくれりゃあ」

「……そんな……え？」

信じられないんだが。なんでそんな親切を？ つい、まじまじと顔を見つめてしまっていた俺の前で、サマルカンドが少し照れた顔になる。

「あんた、窶《やつ》れ果ててるじゃねえか。今もその『彼』に『先読み』をさせられてるんだろ？ そんな奴《やつ》にこれ以上、命を削らせるわけにはいかねえだろうが」

「……惚《ほ》れてまうやろ」

サマルカンド。顔もいいが心根も優しい。いい奴じゃないかという思いが口を突いて出た。

「え？」

「い、いいえ、なんでも……ただ、嬉しくて」

幸い、聞こえなかったらしく、聞き返されたので慌ててフォローする。

「ありがとうございます。本当に……嬉しいです」

今、俺の見た目はソレイユなのだった。確かにいかにもな『薄幸の美少年』だが、サマルカンドの好みだったのだろうか。『好み』というような軽い気持ちじゃなく、純粋に救いの手を差し伸べたいと思ったのかもしれないが。どちらにせよ、復讐の準備は整った。あとはセシオンをどうカジノに導くかだが、一年後には通っていたのだからさほど難しくないはずだ。待っていろよ、と俺は拳を握り締め、予定より一年早い破滅にセシオンを導くべく作戦を考え始めたのだった。

6

　セシオンは俺の予想以上に単純な男で、すぐにカジノにはまっていった。彼をカジノに導くのは本当に簡単だった。先読みの力で、セシオンがカジノで大金を手にする未来が見えたと囁《ささや》くだけでその気になってくれたのだ。

　サマルカンドの仕事は完璧で、セシオンがきっちりはまるよう、最初のうちは適当に彼を勝たせてくれた。本当に使える奴だと感心する。

　カジノで勝ち続けているからセシオンの機嫌は良く、俺——ではなくソレイユに対してのあたりはよかった。

「君のおかげだ。僕にこんな才能があったなんて。君と出会わなければ知ることはなかったよ」

「いえ、そんな……」

　もじもじと照れてみせたが、心の中では、俺がいなくてもお前は一年後にはカジノにはまってたんだよ、と毒づいていた。

　一方ソレイユは俺がセシオンに優しくされるのを、複雑な表情を浮かべて見ていた。

「あいつが優しいのは今、うまくいってるからだからな？　そのうちにサマルカンドが手を回し、カジノで勝てなくなる。そうなったら奴はお前に先読みの力を強要するはずだ」

優しくされたことで情が戻り、復讐は不要と言われては元も子もない。ほだされる必要はないのだと、俺は、ソレイユが気づいたセシオンの正体を思い出させてやった。

「……そうですよね。わかってます……」

笑顔で頷きはしたが、声は細く笑みは無理矢理浮かべているように見える。しかしここは心を鬼にして、と俺はサマルカンドと密に連絡を取りつつ、セシオンを追い詰めていった。

サマルカンドは実際、よくやってくれた。意外と人情派ということなのか、はたまたソレイユの美貌のおかげなのか判然とはしないものの、ちゃんと役割を果たしてくれるのだったらそれはそれでいいかと思っていたのだが、ある日、彼のアジトでの打合せのあとに、

「ちょっと話さないか」

と誘われ、マズいことにならないといいがと思いつつも彼の誘いに乗った。

「あの……お話って……」

「まあ飲め。酒は飲めるか？」

部屋にはサマルカンドと俺の二人だけ。口説かれるのかもしれない。無理矢理という状況には彼の性格的にならないはずだが、イレギュラーなことでも起こる可能性はゼロではない。

押し倒されそうになったら適当言って逃げればいいだけなのだが、と、逃走経路を確認し

つつ、

「少しなら……」

と可愛い子ぶって俯いてみせる。

「なら飲もう。もうすぐお前の望みがかなうから、前祝いとして」

「……というと……？」

そろそろ仕掛けるというのか。確かにちょうどいいタイミングだと、思わず声が弾む。

「よろしくお願いします……！　これでようやく……」

心置きなくソレイユの復讐を果たせる、と拳を握り締めそうになっていた俺に、サマルカンドが言いづらそうな様子で口を開く。

「……あー、一つ、聞いておきたいんだが」

「なんでしょう？」

今になって報酬を追加しろなどと言い出したらどうしよう。または先読みをしろとか？

そうなったら将来起こることをソレイユから聞き出し、一つ二つ示してみせればいいだけなのだが、と身構えつつも頭の中で対策を組み立てていた俺は、続くサマルカンドの言葉にずっこけそうになった。

「本当に寿命は決まっているのか？　このまま先読みをしないですめば、長生きできたりしないのか？」

「あの……心配してくれてます？　もしかして」

表情からも口調からも裏は感じられなかった。とはいえサマルカンドは裏社会のボス、容易に信用はできない。思いやっているように見せかけておいて実は、というところだろうなと予測しながらも、それを顔には出さずにおずおずと問い掛けてみる。

「そりゃするだろう。『死ぬ』なんて言われてるんだから」

サマルカンドは憮然《ぶぜん》とした表情を浮かべていたが、悪意は感じられなかった。やはり心配されているようだ。しかし一筋縄ではいかない彼のことだから、演技の可能性もゼロではない。

狐《きつね》と狸《たぬき》の化かし合い、という言葉がふと頭に浮かんだが、今のところは『化かし合い』を続けるしかない、とソレイユとしての正しいリアクションを続けることにした。

「……すみません。気を遣わせてしまって。でも、大丈夫なんです。もう覚悟はできているので」

「大丈夫かどうかを聞いてるんじゃない。寿命が延びる可能性はほんの少しでもないのかと聞いているんだ」

真摯《しんし》な表情であればあるだけうさんくささが増す。もしも本気で心配してくれているのだとしたら、損な顔だなと同情しながら俺は、

「ないようです」

と首を横に振った。

「とはいえ、そのときがこないとわからないよな？　そもそも『先読み』が外れるかもしれないんだし」

希望を持たせようというのか、サマルカンドが敢えて明るい声でそんなことを告げるのに、どうするかと迷いはしたが、『好意』は素直に受けることにした。

「そうですね……確かに。今まで外れたことはありませんが、未来が実際どうなるかは、そのときが来るまでわからないですね」

実際『わかって』はいるのだ。何せこちらには死神ルキーシュがついているのだから。

「死神じゃないって言ってるでしょう」

いつものごとくルイが突っ込みを入れてくるのを無視し、俺は『精一杯作った笑顔』をそれこそ作ってサマルカンドに礼を言った。

「ありがとうございます。元気になりました」

「無理しなくていいから」

見破ったサマルカンドが傷ついた顔になる。

うーん、演技かどうかわからなくなってきた。本当に傷ついているのなら申し訳ないが、計算上の表情という気もする。

サマルカンドが俺——ではなくソレイユを取り込もうとしているなら、どんな可能性があるだろうと考える。

『先読みの力』を俺は、自分にしか使えないと彼には伝えているが、嘘と見抜いて未来を知ることで金儲《もう》けを考えている——これが一番あり得そうである。

ソレイユの思い人が同性だと知っているので、サマルカンド自ら身体を張ることにしたのではないか。

それならこちらから申し出てみようか。乗ってきたらそういうことだと納得できる。しかし乗ってこなかったら？

真剣に心配してくれていると感激する——ことにはならなそうだ。一旦は退いて信用させ、更に大きな予言を引き出すつもりではないかと疑い続けるだろう。

となるとあまり試すことに意味はないんだよな、と今更の自覚を持ち、ただ、

「……すみません」

と詫《わ》びるに留《とど》めた。

「……まあいい。悪かったな、変なこと言って」

サマルカンドもまた俺に謝罪をし、離れていく。モヤモヤとしたものが胸に渦巻いていたが、敢えて目を逸《そ》らすと俺はセシオンのもとに戻るべくサマルカンドのアジトを退室したのだった。

「ソレイユ！　どこに行ってたんだい？」

セシオンは俺を待ち侘《わ》びている様子だった。そろそろカジノでの負けが込んできたからである。まだ借金をするほどではない。だが今までの『成功体験』と巨額の富を彼のようなクズが忘れられるはずないのだった。

「ごめん。図書館に……」

「本ならうちにも沢山あるよ。欲しいものは取り寄せてあげる」

にこにこ笑いながらセシオンが俺に頷いてみせる。

「本だけじゃなく、欲しいものがあったら言ってくれればすぐ取り寄せるよ。君のためならなんでもしてあげたいんだ」

「どうして……?」

「好きだから」

やはりそうきたか。肩に手を乗せられ、うんざりしてしまう。色仕掛けがわかりやすすぎるだろうが。相当焦っているということなのか、はたまた頭が悪すぎるのか。

とはいえ、騙されたふりをしておかないと今後の作戦に差し障る。仕方がない、と俺は感激のあまり言葉を失ったという顔を作り、息を呑《の》んでみせた。

「……セシオン……ッ」

「ソレイユ。好きだよ」

言いながらセシオンが俺を抱き寄せ、キスをしようとする。どこまで許すことにするか。

別に減るものでもないし、キスは勿論《もちろん》、身体を許してもまあいいか。生前は散々、やってきたことだし。とはいえ『抱かれる』ほうではなく『抱く』ほうだったが。

そうだ、いっそ主導権を握るか、と心の中で呟いた俺の視界に、宙に浮くソレイユが傷ついた表情を浮かべている顔が飛び込んできた。

セシオンの目には『ソレイユ』として映っているとはいえ、当然ながら俺はソレイユではない。自分以外の男がセシオンに抱かれるのはいやなんだろう。

まあ、そこは割り切ってもらうしかないのだが——と目を瞑《つむ》りかけたが、ソレイユが泣きそうになったのを見ては、無視もできなくなった。

「ご、ごめんなさい。びっくりして……っ」

両手で顔を覆い、キスを遮る。

「恥ずかしがることはないよ」

「畏れ多くて……だって……だって、僕もあなたのことが好きだから……っ」

仕方がない。焦《じ》らすだけ焦らす作戦に変えようと俺は溜め息をつきたくなるのを堪え、関係回避の方向に舵《かじ》を切った。

「可愛いな」

「恥ずかしいです」

「そういうところが可愛い」

「可愛くなんてないです……僕は……」

ああ、痒い。俺以上にルイが痒そうな顔をしていて笑いそうになったが、勿論笑えるはずもなかった。

「……あの、僕もセシオンに何かお礼がしたいです」

「お礼って？」

セシオンが、しめた、という表情となる。だから顔に出すなって。素人か。ああ、素人だった、と、前にもやった突っ込みをしつつ俺は健気な表情を作り、彼に訴えかけた。

「毎日あなたといられるだけでも幸せなのに、豪華な食事や綺麗《きれい》な服まで……何から何までお世話になってしまっているのが心苦しくて。僕ができることならなんでもやりたい。そう思っているんです」

「本当に君は可愛いな」

そもそも『可愛い』と思われるようなこと、言ってるからな。ソレイユの顔はもともと可愛いし。しかし、自分にとって利益になることを言うのを『可愛い』とは、本当に性根が腐っている。

「……恥ずかしいです……」

このまま話を終わらせてやろうかと意地悪心が湧き起こったが、それでは話が進まない。仕方がない、と溜め息が漏れそうになるのを堪え、『可愛い』笑顔で問い掛けてやる。

「……僕、あなたのために、『先読み』の力、使いましょうか？」

「え？　いいのかい？」

ぱっとセシオンの顔が輝く。こいつ……と拳を握りたくなるのを笑顔の下に押し隠し、

「勿論！」

と明るい声で返事をした。

「なら申し訳ないんだけど、僕とカジノに一緒に行ってもらえないかな？」

「カジノ……？　ですか？」

きょとんとした顔を作り問い掛ける。この無垢《むく》な表情を見たら、どす黒い欲望をぶつけられなくなるんじゃないかという薄《うっす》らとした期待はある意味予想どおり裏切られた。

「うん。僕のかわりに先読みの力を使ってギャンブルをしてほしいんだ。ルーレットがいいかな。一番単純だし、一点賭けなら当たれば大きいし」

「あの……セシオン、カジノになんて行ってたの……？」

さも心配しているように問うと、セシオンは慌てて否定してみせた。

「友人に誘われて一度ね。そのとき、多分、カモられて、大損をさせられてしまったんだ。お店にお金を返さないと両親に連絡をすると言われて困っていたんだよ」

「……そうだったんだ……」

大嘘つきめ。さんざん遊んでいただろうがと心の中で罵倒しつつ、俯く。

「……それで、僕に『先読み』をさせればいいと、思いついたんだ……」

「も、勿論、先読みをすると君の身体に負担がかかることはわかってるよ。だから当然、断ってくれていいんだ。僕も君が『なんでもお礼をしたい』と言ってくれて初めて思いついたくらいなんだから。無理はさせたくない。どうする？　やめておく？」

これで『やめる』といったらどうするんだろう。一回くらい焦らしてみるかと、

「……どうしよう……」

と俯く。

「最近、体調もよくなくて……」

「そ、それならやめておいたほうがいいかな。でも……ああ、困ったなあ」

わざとらしいんだよっっっ。演技力を磨く気もないのか、そもそものセンスがないのか。人を舐《な》めるにもほどがある。しかしここは騙されたふりをしなければならないのだ。

「……大丈夫です。一回ですよね？　それなら倒れないと思います。もしカジノで倒れてしまったら迷惑になるので……」

「迷惑になんてならないよ。僕がちゃんと支えてる。倒れても休めばいいのさ」

「…………」

それは一回では終わらないという宣言か。本当にこいつはクズだ。クズ以外の何者でもない。わかってるよな？　とソレイユを見やる。悲しげな顔をしていたソレイユは俺に向かい

頷いてみせた。

その夜、早速カジノに向かい、ルーレットの前に立つと俺は、さてこれから作戦開始だ、と己を奮い立たせた。既にサマルカンドとは打合せ済みで、俺がセシオンとカジノに現われ、ルーレットに賭けたら俺の賭けた数字に三回は球を入れる算段となっていた。

配当は三十六倍。金貨一枚分が三十六枚分に、その三十六枚分を賭ければ千二百九十六枚分、更にそれを賭ければ四万六千六百五十六枚分。カジノ中大騒ぎになる。そして四回目。ソレイユの『前世』では四回目の前にいかさまに気づかれ、セシオンに売られて裏に連れていかれる前に衰弱死した。今回死ぬ思いをするのはソレイユではない。セシオンだ。よし、と俺は気合いを入れると、『先読み』をしている演技のあと、黒の十に一点賭けをするようセシオンに告げた。

「わかった」

セシオンがごくりと唾を飲む音が聞こえる。本当に賤《いや》しい男だと嫌悪を覚えつつ、弱っている演技も忘れない。

ディーラーがルーレットを回す。俺の視界の隅を、サマルカンドの姿が掠めた。様子を見に来たようだ。いよいよだなと笑っているのがわかる。

「黒の十!」

ポケットにボールが入ると、ルーレット回りのギャラリーたちが、おお、とざわついた。

「ビギナーズラックだよ。ね、ソレイユ？」

セシオンは自分が賭けたわけでもないのに得意げな顔になっている。

「はい。それでは……」

やめようとするとセシオンが慌てて俺に囁いてきた。

「ごめん。体調がもし大丈夫だったら、この三十六枚をまた三十六倍にしたいんだ。そうじゃないと借金が返せない」

「……わかった」

演技とはいえこれだけ弱ってみせているのに、『大丈夫だったら』もないもんだ。本当にこんなんが好きだったのかと俺はソレイユをまた振り返ってしまったのだが、彼の悲しげな顔を見ると可哀想になり、目を逸らせた。

「赤の二十三」

三回目までは言った番号に入れてくれる。適当でいいので楽だ。しかし憔悴《しょうすい》した演技は必要だった。ぜいぜい言いながら告げた数字にセシオンがベットする。またも大当たりでますますルーレットの周囲にはギャラリーが集まってきた。

「やった！　凄《すご》いよ！　ねえ、ソレイユ、三回目もいけるかい？　無理じゃなかったら是非いこう！」

いや、無理に見えますでしょ、この表情。すっかり興奮した様子のセシオンはもう、取り縋うのをやめたようだった。

「倒れたらちゃんと支えるから。是非いこう！　ね！　僕のために！」

「……わ、わかりました」

ぜいぜい言いながら俺は、必死で集中するふりをする。ソレイユはそんな俺と浮かれるセシオンを見てますます悲しげな顔になり、俺のやりきれなさを誘っていた。

「赤の……三十」

息も絶え絶えにそれだけ言う。結果はサマルカンドとの打合せどおり、大当たりで、カジノ中が大騒ぎとなった。

俺はもう、見た目では死にそうな状態だ。なのにセシオンは気にすることなく、

「次！　次、いこう！」

と俺に訴えかけてくる。

実は俺はこの作戦を立てているとき、当てるのは二回目までにするつもりだった。三回目にしてほしいというのはソレイユの希望だったのだ。

チャンスはできるだけ多くあげたい。二回目で死にそうにしてみせれば、三回目はきっと躊躇うはずだ。それに賭けたいというソレイユの希望は無惨にも打ち砕かれることとなった。

実はこれも予想していた。ショックが大きいだろうからやめておいたほうがいいんじゃないかと止めたのだが、もし裏切られたらもうセシオンを見切れるからと言われ、渋々引き受

けたのだ。

思い切れたほうがソレイユ本人にとっては救いとなろう。これでよかったと思おう、と俺は気持ちを切り換えると、

「わかりました……」

と返事をし、会場にいるはずのサマルカンドの姿を探した。さすがといおうか、ちゃんと俺の視界に入ってきて、わかっているというように頷いてくれる。

頼もしいぜ。彼にならば利用されても仕方ないと思えるよなと心の中で呟いたとき、俺の胸が微《かす》かに痛んだ。

「？」

なんだろう？　疑問を覚えたが、今はそれどころじゃなかった、と俺は死にそうな演技を続けつつも、

「黒……の……四」

と告げ、セシオンの胸に倒れ込んだ。

「黒の四だ！　黒の四！」

セシオンは嘘はつかなかった。俺を胸に抱き止めてくれてはいたが、意識はルーレットに完全に向いている。

残念だったな。次は外れることになっている。無一文になったお前に対し、サマルカンド

の手の者が借金の取り立てにやってくるのだ。

そのときには俺の意識は失われていて、代わりにこいつをと言われても、こんな貧相な男が借金の代わりになるわけがないだろうと突き返されるという寸法だ。

前世ではいかさまの主犯にされたが、今回は最後に外すのでいかさまについてはバレないというていで話が進む。このままボコられるもよし、家につれていかれて親の前で恥をかくもよし。どちらにせよソレイユの気も晴れるだろう。

ルーレットが回る音だけが響く中、皆がボールの落ちるポケットに注目している。果たしてサマルカンドはどの数字に入れるよう指示するのか。一番違いで惜しいということで、赤の五とか、ありそうだ。

俺の勘はよく当たる。

「赤の五！」

「え……」

頭の上で呆然としたセシオンの声が響く。彼の腕から力が抜け、俺はそのまま床に倒れ込むことになった。

黒の四に積まれた大量のチップが一気に引き戻される。俺を床に落としたまま、『大丈夫か』と聞くこともなく、セシオンは立ち尽くしていた。

「失礼ですが」

と、そこにいいタイミングで人相の悪い男たちがセシオンを取り囲む。

「ご用立てしている金子の件でお話が」

「ちょ、ちょっと待ってくれ。もう一度賭ける。すぐに取り戻すから。あ！　ソレイユ！　ソレイユ！　しっかりしろ！」

あわあわしながらもセシオンは、やっと俺の存在を思い出したようで、屈《かが》み込み、抱き起こしてきた。

「しっかりしてくれ。休めば復活するか？　もう一度、もう一度だけ勝負しよう。できるな？　できるよな？　僕のためだもんな？」

ソレイユは――本当に男を見る目がない。こんな男のために死んだのかと、きっと今は自己嫌悪に陥っていることだろう。

あれ？　それだと本人の幸せにはならないのか？　いや、これからセシオンが酷い目に遭えば溜飲《りゅういん》が下がるんじゃないか？

とにかく今は意識を失っているふりだ、と目を閉じ続けていたというのに、セシオンは俺の頬をペシペシと叩き続け、なんとしてでも目覚めさせようとしてきやがるのだった。

「ソレイユ、頼むよ。僕を助けてくれ。すみません、もう一度勝負しますので。彼、本当に勘がいいんです。さっきまでの当てっぷり、見たでしょう？　神様に愛されているんですよ。だから彼にもう一度だけ、勝負させてあげてください。お願いします。今、今起こしますから……っ」

いい加減にしろよ、と怒鳴りそうになるのを堪えて目を瞑り続けていた俺の耳に、怒りを含んだ男の声が響いた。

「いい加減にしろよ、お前」

おっと。俺の代わりに怒ってくれるこの声は、と目を開いて確かめる。予想どおりそこにはサマルカンドが腕組みをして立っていた。

「てめえの作った借金だろうが。なんでそっちの男の力を借りようとしてるんだ？」

「ぼ、僕たちは友達だからです。彼は僕のためならなんでもしたいと言ってくれてるので……」

「だからって意識を失っている奴を無理矢理起こしてやらせるのか？」

言いながらサマルカンドが俺を見たので、彼と目が合う。

「お兄さん、大丈夫か？」

さすがプロ。初対面を装うのを忘れない。このくらいの芝居っ気がある男を選んでほしいよ、俺は、とソレイユを見たが、ソレイユは俯いていて表情がよくわからなかった。

「……はい。大丈夫です」

弱々しく返事をし、立ち上がる。

「あんたの賭けっぷりは素晴らしかった。まだやるか？」

優しく声をかけてくれたのは、『やらない』という返事を引き出すためだ。打合せにないことでも臨機応変に対応してくれる。ありがたいが、裏があるかもしれないので気を引き締めていこう、と考えたときにまた、ズキ、と胸が痛む気がした。

さっきからよくわからんな、と戸惑いつつも、

「……もう、やめておきます……」

と弱々しく笑ってみせる。

「三回も当てたのが奇跡だったんです。もう奇跡を起こせる気がしません」

「ソレイユ！　そんなはずないよ！　僕のために、頑張ってくれ！」

無理を強いてくるセシオンの目は血走っていた。そりゃそうだ。ソレイユがルーレットで当てる以外に借金から逃れる術《すべ》はないのだから。

「大当たり三回でやめておけば、借金を返しても充分余裕があったはずだ。自業自得なんだよ」

サマルカンドは吐き捨てるようにそう言うと、俺に縋《すが》るセシオンを引き剝がしにかかった。アイドルの握手会の『引き剝がし』より容赦ない、と笑ってしまいそうになる。

「連れていけ」

傍に控えていた目つきの悪い男たちに命じ、セシオンが引き摺《ず》られていく。

「立てますか？」

『初対面』なので礼儀正しく手を差し伸べてくるサマルカンドに、俺もまた初対面を装い、

「ありがとうございます」

と礼儀正しく礼を言う。

「ソレイユ！　助けてくれ！　お願いだ！」

セシオンはどこまでも見苦しかった。泣き喚きながらソレイユに救いを求めてくるが、誰が助けてやるものか、と彼を睨《にら》み付ける。

「ソレイユ！　頼む！　僕には君しかいない！　君だけが頼りなんだ！」

そりゃそうだろう。親にバレたら勘当されるんじゃないか？　学校の成績は悪いわ、博打《ばくち》で多額の借金をこしらえるわと、いいところが一つもないのだから。確かこいつにはできのいい弟がいたんじゃなかったか。親も早々に見切りをつけるだろう。残された人生、苦労して過ごせばいいとほくそえんでいた俺の耳に、弱々しいソレイユの声が響く。

「あの……助けてあげられませんか？」

「は？」

聞き違いだろうか。そんなことはあり得ないとわかっていながらにして俺は、そう思わずにはいられなかった。

「……助けてあげてほしいんです、彼を」

「なんで⁉」

声に出すとサマルカンドに聞かれる。それで俺は頭の中でそう叫び、宙に浮かぶソレイユを見上げた。

「だって……可哀想だから……」

「いやいやいやいやいやいやいやいや」

どこが?? ちゃんと見てたか? 『先読み』で死にそうになっている演技をする俺に、四回も『先読み』をさせた男だぞ?

三回でやめておけばよかったのに、欲を搔《か》いたおかげで破滅した彼を、なぜ助けたいんだ?

「……僕しかいないって……」

だーか――ら――――。

誰がどう見ても、本心からじゃないだろう。下手をしたらいかさまをしたと売られるかもしれないんだぜ。なのに助けろとは、と啞然としていた俺の耳に、悲愴《ひそう》感溢《あふ》れるソレイユの声が響く。

「お願いです! 助けてあげてください……っ」

ソレイユはボロボロ涙を流していた。本当にこいつはアホじゃなかろうか。セシオンはお前を愛してなどいない。利用しようとしか考えていない。前世ではソレイユを売り渡し、一人で逃げ延びようとしたことを、ソレイユは忘れてしまったのだろうか。死んだのはそれより前だったが、回帰後もさんざんセシオンの非道ぶりは見てきたはずだ。

そもそも命を落とす原因となったのはセシオンだ。カジノで先読みを無理強いされたこともしや、ソレイユにとっては『いい思い出』だというのか？　あり得ないだろう。

自分は命を落としたんだぞ。今、セシオンは怖いお兄さんに連れていかれはしたが、殺されることはまずないはずだ。破滅させてやってほしいとサマルカンドにお願いしたが、殺せとは言ってない。説明せずとも、そのとき傍にいたんだからわかっているだろうに、と俺は呆れてソレイユを見上げた。

「お願い……します……自分がどれだけ馬鹿か、わかってます……でも……」

泣きながらソレイユが俺に頭を下げる。

「でも……セシオンにつらい思いはさせたくないんです……っ」

だめだこりゃ。

昭和のギャグを誰がわかるというのか。俺だってわからんぞ。

唇の分厚いおっさんなんて……と、つい現実逃避しかけてしまったが、許されるはずもなかった。

「どうするんです？」

本人もすっかり嫌気が差した様子で、ルイが俺に問うてくる。

「どうもこうもない」

無視だ無視、と言いかけ、待てよ、と思い留まる。俺も、そしてルイも、到底信じられないが、それがソレイユの希望であるのなら従うしかない。

大切なのは彼の幸せなのだから。頭ではわかっているが、どうもモヤモヤする。納得できない上、超がつくほど不本意ではあるが、ソレイユが泣いているのを無視することはできなかった。

お前のためを思うからこそ、という考えは通用しないのだ。本人がいやがっていることを強要することはできない。

『人として』という概念は捨てなければならない。それでいくら、本人が不幸になろうとも——まあもう、死んでしまっているわけだが。

いくらクズだろうが、ソレイユは彼が好きなのだ。あれだけ人非人ぶりを見せつけられていても、好きなものは仕方がない。

「……申し訳ありません……サマルカンド様」

「え？」

深く頭を下げた俺を前に、サマルカンドが唖然とした顔になる。初対面なのに名を呼んじゃダメだろうと言いたげな彼に、この言葉を告げるのは抵抗があった。が、言わねばならない。

「……やはり彼を助けてあげてほしいのです」

「……なんだと？」

サマルカンドの表情が微かに歪む。傷ついているのではと察すると同時に俺の胸も微かに痛んだ。

「……本当に申し訳ありません。償いはなんでもします。あなたのために働きます」

俺の胸には、彼への罪悪感が膨らんでいった。俺に対し、好意を示していた彼に言う言葉ではない。その好意を利用するようなものじゃないか。

「いや、ごめん。今のはナシだ。俺は……俺は」

それは人としてしちゃいけない。あれ？　結婚詐欺師の俺が『人として』とか笑っちゃうんだが。

「……ソレイユ……」

サマルカンドは未だ、傷ついた顔のままだった。

「ソレイユ！　お前！　いい加減にしろよ！　なぜ黙ってる！　聞いてくれ！　俺よりあのソレイユのほうがヤバいぞ！　あいつはいかさまをしてたんだ！」

遠くでセシオンが叫ぶ声が響いてくる。ほら、やはり彼はお前を売ったぞ、と俺はソレイユを見上げ――彼の頬に笑みがあるのを見て、ああ、と思わず溜め息を漏らした。

なぜ笑えるのだ？　意味がわからないんだが。

「……あんな奴を助けたいと？」

サマルカンドが呆れ果てたように尋ねてくる。

本当だよな。俺も呆れているよと心の中で呟きながらも俺は、ソレイユと同じように微笑んでみせた。

「……ごめんなさい……」

謝罪の言葉が自然と唇から零《こぼ》れ落ちる。と、そのとき、俺の周囲が真っ白な光に覆われ、眩しくて何も見えなくなった。

「……あれ？」

ようやく目が開けられるようになり、おそるおそる目を開く。見覚えがあるような、いや、そもそも何もない空間なのだが、と周囲を見渡していた俺の視界に、彼の——ルキーシュの姿が飛び込んできた。

「今回はよくやった」

「……えー⁇」

いや、嬉しいはずなんだが。しかし俺の口からは不本意さを物語る声がつい、漏れてしまっていたのだった。

7

「なんだ、不満げだな」

それこそ不満そうな表情を浮かべたルキーシュが俺を睨む。

「せっかく今回は一・五人分とカウントしてやろうと思っていたというのに」

「ありがとうございます！　いえ、そんな、不満など！」

慌ててフォローに走ったが、やはり不可解さは残る、と、俺は恐る恐るルキーシュに問い掛けた。

「あの、ルキーシュ様」

「様はいらぬと申しただろう」

憮然とした表情のまま、ルキーシュにそう言われたものの、呼び捨てには抵抗があり、呼びかけずに問いを発する。

「一・五人分もいただけるということは、ソレイユはあれで幸せだったんですかね？」

俺の基準で考えれば、とても『幸せ』とは思えない。しかし『俺の』基準じゃないってことなんだよなあ、と、つい溜め息が漏れてしまう。

「微笑んでいただろう？」

「……まあ、それはそうですが……」

それでも釈然としない、と俺は首を傾げずにはいられなかった。

「やはり不満なのか？」

「いえいえ、そんな」

ポイントを取り上げられたら困ると焦って顔を作るとルキーシュは、

「取り上げたりしないから、正直なところを話してみろ」

と俺を見下ろしてきた。心を読めばいいのでは？　と思いはしたものの、今、俺の心の中は自分でも整理できていない状態だからかと納得する。

「……正直、よくわからないんですよね……」

話しながら整理していくしかない、と頭に思い浮かぶことを口にしていった。

「ソレイユの幸せはソレイユが決めることだという考え方はわかったつもりです。とはいえ、起こった事象を言えば、あの場でソレイユは愛する男に売られたわけですよ。我が身可愛さにセシオンはソレイユにいかさまの罪をなすりつけようとした。それを目の当たりにしてもソレイユは幸せだったんですかね？　愛する男に裏切られているのに」

「傷ついてはいただろうな」

ルキーシュは意外にも素直に俺の話を聞いてくれ、その上で、彼もまた考え込むような様子となっていた。

「でも幸せだったんですか？」

「愛する人を救えたことで幸せを得ていた」

「しかしそれでは前世と状況は同じだったのでは？」

俺の指摘にルキーシュは、う、と言葉に詰まった。しまった、不快になったらどうしよう、と取り繕おうとする前に、ルキーシュが口を開く。

「確かにそのとおりだ。しかし前世で彼が抱いていたのは裏切られた悲しみだった」

「今回も裏切られてますよ？」

俺はどうも突っ込み体質のようだ。さっき後悔したばかりなのにとまたもフォローしようとしたのを、ルキーシュに制される。

「私はボケ担当ではないが、疑問はわかる」

「すみません……」

なんでやねん、と、突っ込んだほうがよかったか——とは全然思っていないが、一応謝ったあとに、疑問の解消のため問い掛ける。

「何が違うんですか？」

「今回は、裏切るような男だとわかった上で救済を選んだ。そこが違いだ」

「うーん？」

わからん、と首を傾げた俺の足下に不意に黒猫がまとわりついたかと思うと、くるん、と空中回転し、ルイの姿となる。

「馬鹿は幸せではないってことですよ」

「ああ、なるほど」

不親切な説明だが、彼の言いたいことはわかる。

「不親切だと？　生意気な」

ぷんすか怒るルイに俺は、下手に出つつ正解を確かめた。

「クズと知らないで愛したのなら気の毒だが、クズと知った上で愛しているというのなら、外野があれこれ口を出すなと、そういうことか？」

「まあそうです。『知らない』ほうが幸せという意見もあるかと思いますけど……」

と、ルイがちらちらとルキーシュを窺《うかが》う素振りをしていることに俺は気づいた。

「ルキーシュは？　どっちなんだ？　真実を知らないほうが幸せか、知ったほうが幸せか」

ルイの様子だと彼もその答えを知らないようだ。おそらく『知っていたほうがいい』と答えると見込んでいるのだろうが、と思いつつ俺もルキーシュを見た。

「……まあ、人によるんだろう」

ルキーシュの答えにキレがない。俺とルイはつい、顔を見合わせてしまったが、ルイは我に返った様子になると、ぷんっとそっぽを向いた。

相変わらずのツンデレは可愛いが――いや『ツン』のみか。ってそれはともかく、と、俺はルキーシュの曖昧な答えに納得がいかず、問いを重ねることにした。確認しておかないと、今後の『千人の幸せ集め』に支障が出るからだ。

人によるのなら、と、問い掛ける。

「それではルキーシュ様ならどちらを幸せと感じますか？」

「馬鹿な。ルキーシュ様が『知らない』ことなどあり得ない！」

ルイがキーッとなって言い返してくる。確かにそうだな、と俺も気づき、謝罪しようとしたのだが、そのときにはルキーシュが意外な言葉を告げていた。

「考えたことがない」

「え？」

意味がわからんのだがと、戸惑いの声を上げてしまった俺の前で、ルキーシュが小首を傾げるようにして同じような言葉を繰り返す。

「考えたことがないのだ。自分にとっての幸せなど」

「なぜです？」

問いかけてからすぐ、答えを見つける。

「あ、この上なく幸せだから？」

「さあ……どうだろうな？」

ルキーシュは今、戸惑った表情となっていた。

「ルキーシュ様？」

ルイがおろおろしながら彼の名を呼ぶ。

「どうした？」

真っ青になっている彼に俺は、何かマズいことでも起こったのかと心配になり、問い掛ける。

「ルキーシュ様のあのようなお顔、僕は見たことがありません！」

動揺の余り普通に答えてしまったようで、ルイがはっと我に返った顔になり俺を睨む。

「あなたのせいです！　あなたが変なことを聞くから！」

「俺？　俺が何を聞いたって？」

しかも『見たことがない顔』とはどういう顔だったのだ？　と俺はルキーシュを見た。ルキーシュも俺を見る。

「……幸せとはなんだ？」

戸惑った顔のまま、ルキーシュがぽつりと呟く。

「はあ⁇」

気づいたときには、怒声に近い声を上げてしまっていた。

「おいっ」

ルイに怒鳴られ、しまった、と我に返る。

「失礼しました……けど……」

謝りはするが、ちょっと待ってくれ、と俺はまじまじとルキーシュを見やった。ルキーシュも俺を見返してくる。

「幸せが何か知らないのに、今回はゼロとか、一・五とか、どうやって決めてたんです?」

「……ああ、お前に課した試練の話だな?」

最初意味がわからなかったらしく、考える素振りをしたあと、すぐに正解に辿《たど》り着く。

「はい。俺がどう感じるかではなく、本人が幸せと感じられるよう考えよと俺に説教……失礼、説いてくださったじゃないですか」

「説教を言い直す必要ないでしょうに」

俺も突っ込み体質だが、ルイもまた同じらしい。しかし構ってやる余裕はない、と無視して話を続ける。

「なのに幸せをご存じないとは……」

「誤解を与えたようだな」

どう考えても俺の発言はルキーシュを批難したものなのに、ルキーシュに不快に思っている様子はなく、淡々と言い返してきた。

「誤解?」

「当然ながらあの者たちが幸福を感じているか否かはわかる。私がわからないのは『私』の幸せとは何か、ということだ」

「私の……ええと、ルキーシュ自身の幸せということですか？」

聞き返しながら俺は首を傾げていた。

「そうだ」

「自分のことなのに？」

「お前はわかるのか？」

ルキーシュに問い返され、俺は、

「勿論」

と返してから、ふと、俺の幸福とはなんだろうと改めて考えてみた。

どんなときに幸せを感じるか。いや、『感じた』か。

金を儲けたときは普通に嬉しかった。詐欺を働くことに罪悪感がまるでなかったというわけではさすがにないが、己の才覚で人を騙しきったときには気分が高揚した。しかしそれらは『幸せ』といえるだろうか。

幸せってなんだ？　結婚詐欺で騙した相手はよく口にしていたかと、俺の脳裏に彼女たちの顔と声が走馬灯のごとく蘇《よみがえ》る。

『あなたと過ごせる時間が幸せなの』

『あなたと結婚できるなんて、私、本当に幸せ者だわ』

『あなたに愛されて、幸せ……』

『幸せすぎて怖い。失うのが怖いの』

「…………」

うっとりした顔、うっとりした声音で告げられた言葉を聞いたとき、騙しきったと確信することはできたが、彼女たちが本当に『幸せ』を感じているかといったことには無頓着だった。俺を信用しているかどうかのバロメーターにはなる言葉ではあったが、彼女たちが幸福であろうが不幸であろうが、あまり興味がなかったのだ。

「……あれ？」

となると俺もまたルキーシュ同様、自分の幸せについて考えたことがなかったってことか、と気づき、愕然となった。

逆に『不幸』はどうかと考え、こっちはいくらでも思いつく、となんとなく安心する。

幼い頃の貧しさは充分『不幸』といえよう。身寄りが誰もいないというのも、世間的には『不幸』、よって詐欺を働くしかなかったが、一応それも『不幸』か？

生きていくだけの才覚を持っていたのは幸せ——？　いやあ、それを『幸せ』とするのは少々慎ましやかすぎないだろうか。

「……なんだ、あなたも同じじってことですか」

ルイが呆れきった声を出したあと、しまった、というように口を閉ざした。『同じ』俺を呆れるってことは、ルキーシュのことも呆れていると同義だと気づいたようだ。

「ならルイは？　自分の幸せを考えたことがあるんですよね？」

そこまで言うのなら、と聞いた俺は、自分の馬鹿さ加減にそれこそ呆れてしまった。

「勿論です。ルキーシュ様のお役に立てることが僕の幸せです」

「なるほど」

こいつはそういう奴だった。なら俺は、と考え、ダメだ、と早々に諦めた。

『誰かのためなら』――そんな相手は生まれたときからいない。

「生まれたときの記憶があるなんて凄いですねえ」

馬鹿にしきった口調のルイの突っ込みを無視してやる。

物心ついたときから――それでも言い直すのはなんだか悔しいが――『誰かのため』という考えを持ったことがなかった。そんな余裕があるはずない。誰の力も借りず子供が生きていくのは大変だった。そのうちに悪意は見たまんまだが、好意には裏があることがわかってきた。純粋な好意というものはまずなく、悪意を隠そうとしていることが多い。また、悪意は持っていなくても、必ずといっていいほど何かしらの欲を伴っている。

「なるほど」

と、ここでルキーシュがぽつりと呟いたものだから、何に納得したのかわからず、彼を見やった。

「そういう凝り固まった考えがあるから、お前は幸せを感じることがないのだなと」

「悪かったな」

むっとしたせいで地が出てしまった。

「いえ、なんでもないです」

「サマルカンドは心底、お前を思いやっていた。彼の言葉に裏はなかったのにお前は受け入れられなかった。受け入れていたらそこに『幸福』はあったというのに難儀なやつだ」

「……あれは……」

ドキ、と胸が変な感じにざわつく。サマルカンドを前にしたときと同じだ、と彼を思い出していた俺の手は、自然と胸へと向かっていた。シャツの前を摑《つか》む俺の様子を見てルキーシュが、やれやれというように溜め息をつく。

「……と、まあこういう風に、お前の幸福はわかるのだ。だが自分の幸せについては考えたことがなかった。理由は……改めて考えてみたが、やはり私が人間ではないからだろうな」

「ルキーシュ様は超越した存在なんです！」

ルイが我がことのように胸を張る。

「ルイだって人間じゃないですよね？」

しかし彼は自分の『幸せ』を語っていた。人間であろうがなかろうが、関係ないのでは、と首を傾げた俺を見て、ルイが慌て出す。

「何を言うんだ！　ぼ、僕だって自分の幸せなんて考えたことないんだからねっ」

「さっき即答したじゃないか」

「あれはナシ‼　だから‼」

「ルイ、何を気にしているのかはわからんが、幸せを感じられるのならそのままでいい。人間であろうがなかろうが、幸せがわかるのならわかっていたほうがそれこそ幸せだろうから」

「……ルキーシュ様……」

ルイが切なげな顔になる。対するルキーシュは淡々としていたが、俺の目には彼こそが切なそうに見えた。

超越した存在は己の幸せを追求してはならない——ということではないようだ。まあ、ルイはどう考えても『超越』した存在ではないだろうが。

「失敬な！」

シャーッと猫が毛を逆立てているような怒りようを見せたルイをまたも無視すると俺はルキーシュを見やった。ルキーシュも俺を見返す。

「同情していたのは私のほうだったのだが」

小首を傾げてみせる彼に俺は、

「え？」

いつ同情されたんだっけ？　と同じく小首を傾げた。

「同情してましたっけ？」

「サマルカンドの好意を受け入れられないお前に同情した」

「あー」

あれか、と思い出すも、あれは同情だったのか？　と尚《なお》も首を傾げる。

「お前も自分の幸せについて、考えたことがなかったのだろう？」

そんな俺にルキーシュはそう確認を取ってきた。

「なのに私を同情するというから不思議だったのだ」

「その論理なら、あなたが俺に同情するのも不思議じゃないか？」

同じ『幸せ』を知らない者同士ということなら、と突っ込むと、ルキーシュはふっと笑って頷いた。

「確かに。お互い、もう人間ではないというのにな」

「……ああ、そうか。俺も人間じゃなかったな」

しかし、ついこの間までは人間だった。人間だったときに知り得ない『自分の幸せ』を死んだあとになってわかるはずもないか、と苦笑する。

結婚詐欺の成功率は、誇張なく一〇〇パーセントだった。手にした金額の差はあるが、金を取るのに失敗したことは一度もないし、逃げる前にバレたことも一回もなかった——最後の一回を除いては、だが。

常に猜疑心《さいぎしん》を忘れない。コッチが嘘をついているのだから、相手もそうではないかという疑いを持つことが成功の鍵となった。

だからこそ、俺は常に人の好意を疑う。サマルカンドのことも最後まで疑ってしまった。

もし、あのときサマルカンドが差し伸べてくれた手を取っていたら――何かが変わっていたのだろうか。

「……あ、そうか」

サマルカンドは別に『俺』に手を差し伸べたわけではなかった。ソレイユだ。その時点で『嘘』があったのだから、彼の好意を受けるわけにはいかなかったのだ。

「それは後付けだろう」

ルキーシュが呆れたように言ってくる。

「そうですね」

そんなことはない、と虚勢を張ったところでどうせ見抜かれるのだ、と俺は溜め息を漏らし、肩を竦めた。

暫《しば》しの沈黙が流れる。

「……あの」

沈黙に耐えかねたというのはあった。空気を読む癖が死んでからも抜けない。しかしそれよりなんだか俺は、疲れてしまったのだった。

幸せを知らない俺が、他人を幸せにすることなどできるだろうか。いや、できまい。だとしたらこの辺で白旗を上げてもいいのではないか。そのほうがルイも喜ぶだろう。

ちらと彼を見ると、途端にシャーッと攻撃態勢になる。

「人のせいにしないでもらえますっ？」

「ああ、すみません」

別にせいにするとか、そういうことでもないんだが、と思いつつも謝ると俺は、視線をルキーシュへと向けた。

「なんだ？」

「……もう、諦めようと思います。チャンスをありがとうございました」

頭を下げ、反応を待つ。

地獄に行くのはさすがに怖い。死にたくなるほどの苦痛がエンドレスって、想像するだに恐ろしいが、他人の人生を生き直す、しかも千人分、というのも俺にとっては『エンドレス』になりそうだ。

同じエンドレスでも、コッチはさほど苦痛はないし、やっていることは生前と同じ詐欺行為がほとんどだ。楽っちゃ楽だが、かといってやり続けたいかとなると、答えは否だった。

一人目のカイサルも、二人目のソレイユも、何が彼らにとって幸せなのか、俺にはさっぱりわからなかった。二人の恨みを晴らすためには何をすればいいのかという作戦は概ね成功した。だが酷い目に遭わせた奴らへの復讐を果たす目前にルキーシュに『わかっていない』と呼び戻されている。

きっとこの先も同じだ。成功を確信した直後に失敗だと突きつけられる。それがつらいわけではないが、なんだか――疲れてしまったのだった。

徒労によって自分のメンタルがこうも削られるものだったとは。今までの人生、詐欺では失敗はなかったものの、それなりに苦労も挫折もあったというのに、たった二回の失敗で心が折れるとは思ってもいなかった。

死んだからだろうか。それとも『善人』と一緒にいるのがつらくなったのか。カイサルもソレイユも、生前の俺にとってはどちらも騙す側の人間だった。

「それは違うだろう」

いきなりルキーシュに話しかけられ、はっと我に返る。

「え?」

「お前が騙してきた相手は彼らのような善人ではなかった。そもそも『善人』に金持ちがいなかっただけかもしれないが」

「………だとしても」

この先どれだけ回数を重ねようが、俺自身が善人になれるはずもない。なので善人の気持ちも、そして『幸せ』も理解できるはずがないのだ、と俺はルキーシュに再び頭を下げた。

「地獄に送ってくださっても結構です。今までありがとうございました」

「メンタル弱っ。呆れちゃいますよ。受験慣れしてない高校生かって」

そこにルイの不機嫌な声が響き、何事かと俺は頭を上げ、彼を見やってしまった。

「そのたとえは今一つだな」

ルキーシュもまた呆れてルイにそんな言葉をかけている。

「そんな……」

ルキーシュの指摘にルイはショックを受けた顔になったが、まったくだ、と頷いた俺に対しては相変わらず攻撃的だった。

「正直、がっかりしましたよ。どこまでおめでたいんでしょう。なんだってルキーシュ様があなたの頼みをきかなければならないんです？　すべての選択権はルキーシュ様にあるんです。そんなこともわからないなんて、そこまで馬鹿とは思いませんでした」

「言われっぱなしだな」

ルキーシュがくすりと笑ってルイと、そして俺を見る。

「し、失礼しました。この馬鹿者があまりに愚かなのでつい……っ」

ルイが飛び上がって詫びた次の瞬間、黒猫に変化する。都合の悪いときにはいつもその姿に逃げやがって、と思ったものの、なぜ彼がこうも憤っているのか、俺にはわかっていなかった。

ルキーシュに頼み事をするのが不敬ということだろうか。まあ、不敬だよな。言われて初めて気がついた、と俺はルキーシュの前で今まで以上に深く頭を下げた。

「大変失礼いたしました。ルイに言われて目が覚めました。いかようにもなさってください」

「お前は相当疲れているようだ」

うむ、とルキーシュが頷いたあと、俺に手を差し伸べる。

地獄へ送られるのだろうかと思ったのだが、なぜか急速に眠気が襲ってきて、目を開けていられなくなった。

「暫《しばら》く休め」

「……え……？」

どういうことだ？　訳がわからないうちに、意識が深い眠りの世界に引き込まれていく。

疲れてはいた。実体としての身体はないので疲労を覚えるはずもないのだが、もしや俺は単に疲れたせいで自暴自棄になっていたと、そういうことなんだろうか。

いやー、さすがにそれはない。気力が満ちたらやる気も出てくるとか、そういうことじゃないんだけど――と考えていられたのも数秒で、気づいたときには俺は眠り込んでしまったようだ。

やたらとすっきりした目覚めを迎えたとき、俺の枕元にはルイがいた。

「寝すぎですよ」

「……すみません……って、あれ？」

目が覚めた場所は先程までの何もない空間ではなく、さやさやと涼しげな風が吹く湖の畔《ほとり》だった。そして、と嫌な予感がしつつ振り返ると、見目麗しいプラチナブロンドの髪の若者が訝しげな顔で問い掛けてくる。

「あの……あなたがたは神と天使か？」

身体が半分透けているところを見ると、彼は幽霊だろう。

なんてことだ。結局地獄行きではなく、三回目の失敗をルキーシュは俺に与えようとしているのかと、我知らぬうちに俺は深い溜め息をついてしまったのだった。

8

俺の出来があまりに悪かったからだろうか。今回、ルキーシュはちゃんと『復讐したい』という願いを抱いた幽霊のもとに俺を遣わしてくれたようだ。

俺が代わりに回帰する三人目の男の名はマリオンといった。有楽町のアレを思い出す、などと呑気《のんき》なことを言っている暇はなかった。なんと彼が死ぬのは明日だというのである。

「早っ」

思わず叫んでしまったが、ルイに睨まれ慌てて謝る。

「悪かった。で？　どういう事情で？」

「私はアルマン皇太子殿下の側近で、いわば汚れ仕事担当でした」

「汚れ仕事……具体的には？」

聞いてはみたが予想はできた。そしてマリオンの答えは予想どおりだった。

「暗殺とか暗殺とか……暗殺とかでしょうか」

「なるほど。それで？　亡くなったときの状況は？」

「アルマン殿下がいよいよ皇太子に決まったその日に殺されたんです。今まで俺に命じていた諸々《もろもろ》のことを闇に葬るために」

「口封じですね」

「そのとおり」

頷いたとき、プラチナブロンドの髪がさらりと揺れる。どうでもいいが、今回の幽霊もとびきりの美形だった。ルキーシュは回帰させる人間を顔で選んでいるのではなかろうか。

「なわけないでしょう。下世話な男ですね」

ルイがぷんすか怒るのを無視し、マリオンに問う。

「それで？　あなたはどうしたいんです？　あなたを殺した相手への復讐を望みますか？」

三回目ともなるとさすがに俺も学習する。今回、あまりやる気がないとはいえ、進んで失敗したいわけではない。

マリオン本人の幸せが必要ということなら、最初から本人に希望を聞き、それをかなえてやればいいのである。どんなに『なんですかそれ』と呆れる希望であったとしても、本人が望んでいることとなのだから、こちらは何も考えず、粛々と動けばいいだけだ。

今回のマリオンはどんな『善人』なのだろう。また俺を苛《いら》つかせる希望を言うんじゃないだろうなと身構えていたのだが、珍しいことに俺のその予感は外れた。

「……死ぬ前に恨み言を言いたい。俺を殺した相手に」

「恨み言ですね。わかりました」

感覚が自分と一緒で助かった。しかしそれだけでいいんだろうか、と聞きかけ、そういうところだぞ、自分、と踏みとどまり、必要なことを問いかける。

「なんと言いますか？　あ、あと、どんな状況で殺されるんでしょう？」

「盃《さかずき》の酒に毒を盛られたのです。毒の量が少なかったのか即死できず非常に苦しみました」

「それは……」

その苦しみは俺も体感することになるのだろうか。そういや今まで殺される瞬間に立ち会ったことがないのでわかっていなかった。

痛みは共有しないですむといいなと思っていた俺の前で、マリオンがふっと笑う。

「のたうちまわっているところに剣を振るわれました。頸動脈《けいどうみゃく》をざっくりと。それで死んだのです」

「酷いことをされましたね……」

恨み言も言いたくなるだろう、と若干引き気味だった俺を更に引かせるような言葉をマリオンが口にする。

「酷い……まあ、酷いか。今までさんざん頼りにしておいて、あっさり命を奪う。まさか、と思いましたよ。さすがに」

「あの……もしやあなたを手にかけたのは……」

その表情、その口ぶりからすると、とその名を言おうとした俺に先んじ、マリオンが口を開く。

「ええ。アルマン皇太子です。殿下が自ら剣を抜いたのです」

「……それはなんというか……」

気の毒な、と思っていた俺の耳元に、ルイがこそりと囁く。

「しかも愛し合った仲だったんですよ。二人は」

「えっ」

驚いたせいでつい声が高くなった。マリオンが訝しげな顔になったのを見て、慌てて、

「いや、わかった。それで？　なんと言えばいいですかね？」

と取り繕う。

「そのときが来たら言います。同じことが繰り返されるんですよね？」

確認を取ってきたマリオンに、

「ええ、多分」

と頷いたあとルイを見た。

「はい。同じことが繰り返されます。明日だったらあなたも動きようがないでしょう？」

ルイがバカにしたようにそう言い、俺を睨む。

「……だそうです」

「よかったです。そうしたら毒を飲まされたあとに、恨み言を言うことにしましょう」

マリオンはそう言うと、満足そうに頷いた。内容については今から教えるつもりはないらしい。

単にこれから考えるってことかもしれないが、まあ、どうでもいいか、とさして興味を覚えることもなかったのでそのまま流すことにした。

「コホン」

ルイが咳払《せきばら》いをし、俺に目で、マリオンを示してくる。項垂《うなだ》れている彼から話を聞け、そして慰めろ、彼の幸せのために、ということかとすぐに察すると俺は、面倒だなと思いつつもマリオンに話しかけることにした。

「暗殺って何人くらい殺したんです?」

「数えたことはないですね。五十人くらいだったか」

「……凄いな」

十人と答えられても充分驚いたが、五十人とは、と俺は仰天してしまった。

「アルマン殿下を皇太子にするために必要なことだったので」

淡々と答えたあと、マリオンは、ふっと自嘲気味に笑った。

「……本当に馬鹿ですよね。『愛してる』なんて言葉もうっかり信用していましたよ」

「まあ、言葉はね。いくらでも飾れますから」

フォローするつもりだったが、逆効果だったかもしれない。俺の言葉に傷ついた顔になったマリオンを見て、しまった、と言い直そうとした。

「そういうつもりじゃなかった。ただ俺も……」

結婚詐欺を働くとき『好き』『愛してる』『君が必要だ』といった愛の言葉は大安売りというくらいに口にしていた。そこに勿論、誠意はなかった。金を騙し取るのと命を騙し取るの、同じ犯罪ではあろうが、さすがに別物だと思いたい。

しかしそれを正直に言うわけにもいかず、いつものとおり口八丁手八丁で誤魔化そうとした俺の言葉に被《かぶ》せ、マリオンが自棄《やけ》になったように言い放つ。

「わかってましたよ。俺だって。殿下の愛の言葉には少しの真実も含まれてなかったってことは」

「まあ、真実の愛なら殺しはしないでしょうからね」

ルイの呟きがマリオンに聞こえていないことを祈る、と彼を睨みつつ、

「その恨み言を、明日、ぶつけましょう。ね？　あなたの気が済むように！」

となんとか明るい方へと話題を切り換えようとした。

「……そうですね……そのチャンスがあってよかった」

興奮したのが恥ずかしかったのか、マリオンがバツの悪そうな顔になり、頭を掻く。

「殿下とは乳兄弟だったんですよね」

ルイが思い出すような顔になり、マリオンに問い掛ける。

「はい。物心ついたときから傍にいました。双子のように。皇帝の子供と乳母の子供、双子になれるはずもないんですけど、殿下が名を呼んでほしい、兄弟だと思ってほしいと言ってくれて」

乳兄弟か。生まれたときからの付き合いとなれば傷も深かろう。双子がいつ、恋人同士になったのかとちょっとだけ好奇心が芽生えたが、聞くのも何かと諦めた。

「戻れるものなら戻りたいですよ。あの頃に」

「すみません、一日しか戻せず……」

ルイが申し訳なさそうな顔で頭を下げる。

「いえ、天使様に謝っていただくようなことではないので」

マリオンは慌ててルイにそう告げたあと、改めて俺へと視線を向け頭を下げた。

「一日でもありがたいです。どうか力を貸してください」

「勿論です。悔いの残らないよう、がつんといきましょう」

過去二回の回帰に比べ、日にちが迫っているということは置いておいても、今回、俺はほぼ何もしていない。

闇のギルドでギルド長と密談したり、家族を騙したりと、そうしたことがもしかしたら余計だったってことか。俺は今、そんなことを考えていた。

言葉として聞かずとも、相手がどんなことを喜ぶか、特に苦労することなく俺にはわかった。自分で言うのもなんだが、『天才詐欺師』の名は伊達《だて》ではないということだ。

そこに慢心していたのかもしれない。こうしてちゃんと本人に希望を聞いて擦り合わせていけばよかったのかもしれないな、と俺はルイと顔を見合わせようとし、全力でそっぽを向かれてしまった。

「愛ってなんなんでしょうね……」

マリオンがぽつりと呟く。本当になんなんだろうな、と心の中で呟いた俺の脳裏にはなぜか『自分の幸福は考えたことがない』と言っていたルキーシュの姿が浮かんでいた。


翌日、いよいよマリオンがアルマンに殺される日がやってきた。

「そうそう。夜、呼ばれたんです」

暗い顔をしたマリオンがぼそりと呟く。

「祝杯をあげようと言われ、手ずから酒を注いでくれた盃を差し出されました。いつ毒を入れたのかまるで気づいていなかった。アルマンの目の前に開けている輝かしい未来にすっかり昂揚《こうよう》していたから……」

自嘲するマリオンの瞳は相変わらず暗い。自分の殺される場面を見せるというのはもしかしたら『幸せ』からはほど遠いのではなかろうか。今までどうだったかなと考えかけ、すべて途中でルキーシュに連れ戻されたと思い出す。

今回はまだ何もしていないし、マリオンに言われたとおり『恨み言』を言うだけなので、さすがに連れ戻されることはないだろうが、と思いつつ、俺はアルマンの私室で彼と向かい合ったのだった。

「マリオン、いよいよ立太子の式典は明日に迫った。祝杯をあげよう」

にこやかに微笑みながら、アルマンがワインを注いだグラスを差し出してくる。この中に毒が入っているのか。飲むとどうなるのだろう。苦しいのだろうか。生前、かなり危ない橋は渡ってきたが、毒は飲んだことがない。まあ死んでるから苦しくてもそれなりってことだろうな、と恐怖心を押し殺し、ワインに手を伸ばそうとしたそのとき、不意に身体が宙に浮く感覚に襲われ、戸惑いから思わず声を上げそうになった。

「え？」

我慢した声が口から漏れたのは、見下ろしたところにアルマンからグラスを受け取るマリオンの姿があったからだ。

どうして？　あの場には俺がいるはずじゃなかったか？　戸惑っていた俺の耳元に聞き覚えのある声が響く。

「やはり本人の口から語りたいのではないかと思い、入れ換えたのだ」

「……っ。ルキーシュ⁉」

いつの間に、と唐突に姿を現わした彼を振り返る。ルキーシュは俺と一瞬目を合わせたあとに、見ろ、というようにマリオンのほうをその目で示した。何がなんだかわかっていなかったが、命令なら、と視線を二人へと戻す。

「本当に今までよくやってくれた。僕が皇太子になれたのはすべて君のおかげだ」

「もったいないお言葉」

暗い声で答え、俯くマリオンの声が震えている。自分が毒を飲まされるとわかっているからこそだろう。きっと前回は――彼が殺された日のこのときには、感激に打ち震えていたに違いない。

俺がそう思ったのは、アルマンが彼に声をかけたからだった。

「どうした？　マリオン。共に喜んでくれないのか？」

アルマンの顔ははっきりと引き攣っていた。こんなんで皇太子になれるのかと不安になる。何か企《たくら》んでいることがバレバレじゃないかと呆れていた俺の前で、マリオンが顔を上げ、真っ直ぐにアルマンを見据えた。アルマンの目が泳ぐのを見て、ダメだこりゃ、と更に呆れる。

「殿下……いえ、アルマン」

「な、なんだ？　さあ、祝杯をあげよう」

引き攣った笑顔でアルマンが自分のグラスを掲げてみせる。そうして口へと持っていったそのとき、マリオンが口を開いた。

「グラスを取り替えてもらえますか？」

「……っ」

びく、とアルマンの肩が大きく震え、なみなみと注がれていたグラスから赤いワインが少し零れる。

「な、何を言うんだ。まさか僕が君に毒を盛ったとでも？」

アルマンの顔色は真っ青だった。手を伸ばし、マリオンの手からグラスを取り上げる。

「う、疑うのなら飲まずともよい。しかし僕は悲しい。悲しいぞ、マリオン」

恨み言を言うのはマリオンのはずなのに、なんでアルマンが言っているのだろう。そんな彼にマリオンはいよいよ、思いの丈を——勿論、怒りの意味での、だ——告げるのか？　と、俺はつい、身を乗り出してしまった。

「野次馬根性丸出し」

予想どおり、ルイから突っ込みが入ったが、彼も充分身を乗り出していることを自覚していないのか。

「してません！」

身体を引いた時点で乗り出してたってことだろうが、とからかいたかったが、それどころではない、とマリオンに注目する。

マリオンは相変わらず真っ直ぐにアルマンを見ていたが、すっと立ち上がったかと思うと、やにわに腰に下げていた剣を引き抜いた。

「おいっ」

恨み言じゃなく、直接手を下すことにしたと、そういうことか？　いいのか？　と俺は思わずルキーシュを振り返った。

「違う」

「え？」

ぼそ、とルキーシュが呟いたのを聞き咎《とが》めようとしたときに、目の端に鮮血が飛び散るのが見え、焦って視線をマリオンへと戻す。

マリオンがアルマンに斬りつけたのだろうと、俺はそう思っていた。だが目の前に開けていたのは、己の首をその刃でかっきったマリオンの姿だった。

「マリオン！」

俺は思わず呼びかけてしまったが、アルマンは真っ青な顔でただ立ち尽くしていた。そんな彼にマリオンが、苦笑するように微笑み、言葉を告げる。

「どうして毒など……『私のために死ね』と言ってくれるだけでよかったのに……」

くっと苦痛の声を漏らした唇から鮮血が滴る。そのままマリオンは床にくずおれ、こときれた。

「マリオン……マリオン……ッ」

呆然としていたアルマンが、はっと我に返った様子となり、血まみれの遺体に縋り付く。

「マリオン、ああ、マリオン、許してくれ。僕は……僕はなんということを……っ」

号泣し、マリオンを抱き起こすと血に濡れた頬に、額に、唇にキスの雨を降らせる。

「マリオン……マリオン……っ。ああ、僕は馬鹿だ。大馬鹿だ……っ」

声を上げて泣きながら、後悔の言葉を止めどなく口にするアルマンを、俺は呆然と見下ろしていた。

「気が済んだか？」

ルキーシュの声がし、俺が？　と戸惑い彼を見る。

「あ！」

ルキーシュが話しかけた相手は俺ではなかった。マリオンの幽霊が今、彼の隣で、自分の遺体を抱き、泣き続けるアルマンの姿を見下ろしていた。

「……そうですね。後悔している姿を見て、少し……」

マリオンが言葉を選ぶようにして黙り込む。

「マリオン、ああ、マリオン……っ」

その間もずっと、アルマンはマリオンを抱いて泣いていた。マリオンの頬に笑みが浮かぶ。

「……報われた気がします」

ぽつん、とマリオンが呟いたそのとき、彼の身体が美しくも眩しい光に覆われた。

「うおっ」

眩しい、と目を瞑りたくなるのを堪えて見つめる先で、マリオンの身体が徐々に大気に溶け込んでいく。

「いいのか？　え？」

しかしあわあわしているのは俺だけで、ルキーシュもルイもじっと消えていくマリオンを見つめていた。

「色々ありがとうございました」

光に紛れて消えきる直前に、マリオンが俺に向かい微笑みながら礼を言う。

「いや、俺は何も……」

していない、と答えようとしたときには、彼の姿は完全に消えていた。

「幸せな気持ちで転生していきましたね」

ルイがルキーシュに話しかけるのを聞き、そういうことか、と納得する。

「あなたが何もしないほうがうまくいきますね」

ルイは俺に意地悪を言うことも忘れなかった。が、今回ばかりは仰《おっしゃ》るとおり、と俺は素直に、

「そうだな」

と同意してみせたあと、意外そうな顔になった彼に肩を竦めてやった。

「実際、今回俺は何もしていないからな。話を聞いたぐらいで」

「それに救われたんだろう。彼は」

「え？」

まさかルキーシュのフォローが入るとは思わなかったため、素で驚いたせいで、つい、声が漏れる。

「なんだ？」

俺の戸惑いがうつったのか、ルキーシュもまた戸惑ったように俺を見返し、問い掛けてきた。

「いや……色々驚いてしまって」

彼と目が合ったとき、不意にいたたまれないような気持ちになり、あまり考えもせず、言葉を発してしまう。

「色々とは？」

一方ルキーシュにはまったく動じる様子はなく、俺の胡乱《うろん》な言葉の意味を知ろうというのか、ひっかかりを覚えたらしきことにいちいち突っ込みを入れてきた。

「だから、その、なんだ。あ、そうそう、今まで亡くなった人は幽霊としてしかいられなかったのに、今回は俺と入れ替わったことに驚いた。そんなことができたのかと」

「私にできないことはない。他には？」

「ええと……」

『できないことはない』とは自信満々だ。この先何を聞いても『できないことはない』で終わりそうな気もするが。

「彼は幸せだったのか？」

俺にはよくわからなかった。事象だけ言えば、アルマンに毒を盛られたことを本人に指摘した上で、目の前で自害した、それだけだ。結果としてアルマンは泣いて後悔していたが、それで幸せといえるのだろうか。

マリオンの幸せを俺が判断することはできない。しかしなんともやりきれないのだが、と不満を抱いていた俺を見て、ルイが呆れた声を出す。

「本当に進歩がないですよね」

「我ながらそう思うよ」

つい、言葉使いがぞんざいとなる。が、ルイはもう気にしないことに決めたようだった。

「ルキーシュ様が『幸せ』と判断されたのです。あの者にとっての幸せであったことに間違いがあるはずありません」

「……ああ、そうか」

前にルキーシュは、その人間が幸せが否かはわかると言っていた。ということはマリオンは幸せだったのだろう。

しかし恨み言を言うといっていたのに、彼が口にした『恨み言』は俺の想像とまるで違った。

俺はてっきり、散々利用してきた挙げ句に殺すなんて酷いじゃないか、呪ってやる——的なものかと思っていた。しかし彼が口にしたのは確かこんな言葉だった。

『「私のために死ね」と言ってくれるだけでよかったのに』

あなたが手を汚す必要はないのです。そう言っているのも同じだ。自分を殺そうとした相手に人がよすぎないだろうか。

「愛する相手が自分を失うことをああも悔いてくれた。それを幸せと感じたのだ」

俺の心を読み、ルキーシュが答えを与えてくれる。それを聞いても尚、納得できたとはいえないんだよな、と思う俺の口からは気づかぬうちに言葉が漏れていた。

「愛する人って……愛ってなんなんだ……？」

つい最近、聞いたな。このフレーズ。ああ、そうだ。マリオンが呟いていたのだった。

そのマリオンはしっかり『愛』を理解していたということなんだろうか。首を傾げていた俺に、ルキーシュが声をかけてくる。

「私も知りたい。愛とは何か」

「え？　愛も知らないんですか？」

『幸せ』だけでなく、という意味だったが、ルイはそう取らなかったようだ。

「失敬な！　馬鹿にしてるんですか、あなたはっ」

「違う違う。驚いただけだ。『幸せ』のときと一緒だよ。あ、もしかして」

人の『愛』はわかるが、自分の感じる『愛』はわからないと、そういうことか、という考えが頭に浮かぶ。よし、読んでくれと思っていると、ルキーシュが首を傾げつつ答えてくれた。

「……まあ、そういうこと……か？」

「自分のことなのに疑問形なのですね」

『幸せ』のときは即答していたような、と突っ込みを入れたのは別に揶揄《やゆ》しようとしたわけではなかった。

「揶揄にしか聞こえませんけど」

「頭の中を読んだ上での突っ込みは卑怯《ひきょう》だろう」

俺にはそれができないのだから、とむっとしてルイに言い返すも、ルイが悪態をつくより前に、ルキーシュが口を開いていた。

「そういうお前はどうなのだ？　愛について知っているといえるのか？」

「そりゃ、その道のプロですから」

熟知していますよ、と胸を張った俺に、ルキーシュが突っ込んでくる。

「サマルカンドの好意を受け入れかねていたのに？」

「あれは……」

言い返そうとした俺に、ルキーシュが畳み掛けてくる。

「『その道のプロ』というのは生前お前が働いていた結婚詐欺のことを言っているのか？

お前に愛はなかっただろう？　愛がないからこそ、騙せたのではないのか？」

「まあそうなんですけど、人の愛を得るのにはどうしたらいいか、よく知ってますよ」

仕掛けを間違えなければたいてい上手くいった。引き際を間違えなかったこともあって、どの詐欺一つとっても逮捕されてはいない。

騙されたとわかっても、そこまで恨まれないようにというのが俺の『引き際』だった。恨みを買いすぎると逮捕にやっきになられてしまうだけではなく、命を失うことにもなりかねない。

「それでお前の愛は？」

「俺の愛？　あ、失礼。私の愛、ですか？」

反射的に言い直したが、俺の愛とは？　と、己の発した言葉に暫し愕然となった。

「俺の……愛……？」

幸せ同様、少しも思いつかないことに更に愕然となる。

「お前も愛を知らないのだろう？」

「いや、俺は……」

ルキーシュがやたらと嬉しそうなのが面白くない。自分だけが知らないのではなく、俺も知らない仲間だというのがそんなに嬉しいだろうか。

愛。愛か。わかっているようでわかっていなかった。『愛』を理解できたらマリオンの『幸せ』も理解できるようになるのだろうか。

『愛する人』のために命を投げ出したのが幸せと感じるという、あの気持ちが。

「愛がどのようにして生まれ、育っていくのか。体験してみたいものだ」

ルキーシュが遠くを見る目になり、そんな言葉をぽつりと呟く。

「ああ、そうだな」

確かに、自分で体験すれば学べるというものかもしれないな、と頷いたのは、一般論としてそう思ったというだけだった。

が、次の瞬間腕を強く引かれ、倒れ込むようにしてルキーシュの胸に抱かれていた。

「え？」

「意見の一致をみたな」

にこ、とルキーシュが今まで以上に嬉しげに微笑みかけてくる。

「はい？」

意見など特に言っていないと思うのだがと首を傾げようとしたのを、頰を両手で挟まれ阻まれる。

「ではカタチから学んでいくこととしよう」

意味不明な言葉を告げるルキーシュの顔がやたらと近い。いや、ちょっと待ってくれ、と身体を引こうとしたときには、俺の唇は彼の唇で塞がれていた。

「……っ」

キス——？　なぜに？　カタチからって、え？　これが『カタチ』？

予想もしないルキーシュの行動に驚愕するあまり抵抗を忘れていたが、舌まで入れられてぎょっとしたせいでようやく自分を取り戻した。

「ちょ、ちょっと待った！」

顔を背け、胸を押しやろうとしても、びくとも動かない。なんとか拒絶の言葉を口にできたと思ったときにはまた唇を塞がれてしまう。

そのまま押し倒され、のしかかられる。まさに雲のじゅうたん。昭和の朝ドラか——なんてツッコミ、わかる人がいるだろうか。

って、そうじゃなく。

「よせっ」

なんとかルキーシュの腕から逃れ、彼を見上げる。俺はこんなにぜいぜいいっているのに、ルキーシュは涼しげな顔のまま、

「どうした？」

と、あたかも俺のほうがおかしな行動をとっているかのような調子で問い掛けてきた。

「俺で学ばなくてもいいでしょう？」

「お前も学びたい、私も学びたい。二人の希望が一致したのだ。ちょうどいいではないか」

さも当然というように言い切られ、そんな理由ではちょっと、と、俺は拒絶しようとした。

「もちろんそれだけではない」

言葉にするより前に読み取ってくれたルキーシュが、にこ、と微笑む。

「なんです？」

他に理由があるというのかと見上げた先、ルキーシュがさらり、と意外な言葉を口にする。

「お前がいいと思ったのだ」

「…………」

なんというか――唖然としてしまう。それで抵抗が止まったのをルキーシュは、俺が合意したと思ったらしく、にっこりと笑ったあと、再び覆い被さってきたのだった。

9

「ん……っ」

ルキーシュに唇を塞がれながら俺は、どうして彼の意のままになっているのだろうと、自分で自分の心理を測りかねていた。

俺にとって『身体を重ねる』行為にさほどの意味はない。偽りの愛の言葉を囁いた相手と同じ数だけの男女と同衾《どうきん》してきた。

いわばセックスも詐欺の道具にすぎず、気持ちを通わせた相手を抱いたことも抱かれたことも一度もなかった。そもそも俺は男を抱いたことはあっても抱かれたことはない。

自分の身体は汚れているだの穢《けが》れているだの、そんなふうに感じたことはなかった。容姿が整っていることはありがたいと思っていたし、体型維持のための努力も怠らなかった。結婚詐欺師に必要なのは一に話術、二に見てくれだ。いや、一、二は逆かな——と、キスの最中そんなことを考えてしまっていたのは単なる現実逃避に他ならない。

自分が他人の——ルキーシュは『人』ではないが——意のままに身体を許そうとしているのが信じられない。なぜ、抵抗しないのか。ルキーシュのキスが上手いから?

いや、普通だよな、と目を開き、己の唇を塞ぐ彼を見やる。近すぎて焦点が合わないその顔は確かに美しい。好みか否かといわれたら好みだが、顔が好みだから意のままになっている——というわけではなかった。

人知を超えた存在だから、拒絶できないというわけでもなさそうだ。ならなぜ、と首を傾げかけた俺から唇を離すとルキーシュは、少々不機嫌な様子で請うてきた。

「集中してもらえないか？　やかましすぎて気持ちが萎える」

「萎えたのならやめますか」

つい言い返してしまってから後悔する。

「失礼しました。お好きにどうぞ」

「ふん。命令なら仕方なく、というつもりか」

ますます不快そうになりはしたが、そのままやめるでもなくルキーシュは再び俺の唇を塞いできた。

「ん……？」

同時に裸の胸を弄《いじ》られ、ぎょっとする。いつの間に服を脱いだんだ？　脱がされたのか。ルキーシュに。

「あなたはこの空間ではいわば『概念』なのですから、服を着せるも脱がせるもルキーシュ様のお気持ちのままなんですよ！」

と、ルイの声が頭の中で響き、またもぎょっとする。

子供の見ていいもんじゃない。しっしっと追い払おうとした俺の頭の中に、ルイの罵声が響く。

「だっれっがっ！　そんなもん見たいもんですかっ！　ばっっっかじゃないのー⁉」

「……ルイも煩《うるさ》い」

キスを中断したルキーシュが、ぼそ、と呟く。

「ごめんなさいーっ」

途端にルイの声が遠ざかっていったので、俺は思わず笑いそうになった。と、ルキーシュがそんな俺を見下ろし、くすりと笑ったかと思うと、首筋に唇を押し当ててくる。

「う……っ」

性戯については、そこそこだと思っていた。俺が得意とするのは話術で、身体にものをいわせたことはあまりない。寝ないですむなら御の字だった。相手が男だったら尚更だ。

まさか死んでからこんな目に遭うなんて、と嘆いていいところなのに、なぜか不思議とマイナス感情はわき上がってこなかった。

嫌悪感もない。それはルキーシュのキスが上手かったからか。自分に触れる手が優しいからか。それとも――。

「ぁ……っ」

彼の手が俺の胸を弄り、乳首を擦《こす》り上げる。甘い痺《しび》れを感じ、気づいたときには信じられないような声が唇から漏れていた。

ちょっと待ってくれ。なんなんだこの声。喘《あえ》ぎか？　俺がこんな恥ずかしい声を出すなんてちょっと受け入れがたいんだが。

羞恥からつい、ルキーシュを押しやろうとしたが、再度乳首を摘《つ》まれ、びく、と身体が震えてしまった。

「ちょ、ちょっと……っ」

背筋をぞわりとした刺激が走り、またも声が漏れそうになる。言葉を発することで誤魔化そうとしたが、やたらと声音は上擦ってしまった。

「恥ずかしがることはない」

ルキーシュがくすりと笑い、今度は胸に顔を埋《うず》めてくる。

「や……っ……ん……っ……」

乳首を口に含まれ、舐《ねぶ》られる。ざらりとした舌の感触に今度も身体が震えそうになるのを堪える間もなく、もう片方の乳首を指先で摘まれる。

間断なく胸に与えられる刺激に、自然と息が上がり、唇を噛み締めていても吐息と共に喘ぎが零れる。自分がこうも感じやすい体質であったとは知らなかった。まあそれはそうなんだよな。常に『抱く』側だったから、と思考を続けていないと快感に流されてしまいそうになる。

「あ……っ……や……っ……」

だからこの声。なんとかしたい。だがなんともできない。身体にはまったく力が入らず最早ルキーシュを押しやる気力もない。

人間を超えた存在だからか。いや、単にセックスが上手いだけ？　ああ、もう、だんだん思考もままならなくなってくる。

「ひぁ……っ」

変な声が出てしまったのは、ルキーシュの唇が胸から腹を滑り、既に勃《た》ちかけていた雄をとらえたからだった。薄く目を開くと、彼が俺の下肢に顔を埋めている姿が飛び込んできて、たまらない気持ちが募る。

羞恥もあった。だがそれだけではない気がした。自身にも説明がつかない気持ちが胸の中に溢れてくることに戸惑いしか覚えない。

こんなことは今までなかった。相手の気持ちをコントロールするには、自分が何を考えているか、何を感じているかの把握は最低限必要なことだ。たとえば気づかないうちに相手への罪悪感が膨らみすぎていたら、無意識に行動にブレーキがかかり失敗に繋《つな》がる。そうしたことがないよう、常に自分の気力と体力は最善の状態にしていなければならなかった。

一度死んだからだろうか。死ぬのは一回か。また生まれ変わることができれば二度目の生があるのか。そういえば俺の前世はどんな人生だったのだろう。悪人だったのか。地獄に行くような悪人ではないことだけは確かだ。転生したわけだし。ああ、でも人間ではないという可能性はあるのかも。

「や……っ」

気力を振り絞り、思考を続けていたが、最早限界だった。ルキーシュのフェラチオは上手いのだ。よく考えたらよく人のものを咥《くわ》えられると感心する。俺には無理だ。いや、だから――。

「あ……っ……もう……っ……」

いきそうだ、と身体を捩《よじ》ったのは、このまま達すると彼の口の中に出してしまうと、それを案じてやったのだった。さすがにそれは悪い、罰ゲームじゃないんだから。そんな罰ゲームも勘弁だが、と腰を引こうとするも、ルキーシュはがっちりと俺の両脚をホールドしており、身動きを取ることもかなわない。

「やめ……っ……あ……っ……」

一旦思考が途切れるともう、快感に我を忘れてしまった。頭の中に響くのは己の鼓動と、やたらと切羽詰まった喘ぎ声だけ。全身の血管を物凄い勢いで血液が流れ、息は上がり、脳まで沸騰しているのではと思うほどの熱が身体を駆け巡る。

「あぁ……っ……あっ……あっ……あーっ」

もうダメだ。俺は努力はした。だがそれを無下にしたのはお前のほうだ——ということが考えられるようになったのは、ついに耐えきれず射精をしてしまったあととなった。

はあはあと息を乱していた俺の耳に、ごくりと飲み下す音が下肢のほうから響いてきて、うそだろ、と思わず視線を向ける。

「…………」

俺を口に含んだまま、目を上げたルキーシュと視線が絡まる。全身がカッと火照ったのは、羞恥と、そしてやはりなんとも説明しがたい感情からだった。息も絶え絶え状態だったので言葉を発することができないでいた俺にルキーシュは目を細めて微笑むと、手を後方へと滑らせ、つぷ、と指先をそこへと——俺の後ろへと挿入させた。

「えっ」

一気に身体が強張《こわば》る。男同士の行為にそこを使うことは勿論知っていた。しかし自分が使われる側になったことはなかったのもあって、さすがに身構えてしまう。

不思議と嫌悪感は今回も湧き起こらなかった。誰にも触れさせていないところを弄られることへの物理的な違和感は覚えていたが、ルキーシュが咥えていた俺の雄への口淫を再開すると、強張っていた身体は次第に緊張が解けていった。

そうだ。緊張していたのだ。嫌なわけではなかった。なぜ嫌ではないのかはわからないのだが。後ろを弄る指が二本になる。最初はなんだか気持ちが悪いと感じていたはずが、二本の指が何かを確かめるように中をかき回していくうち、またも何と説明できないような感覚が後ろに芽生え始めた。

「あ……っ」

やがてルキーシュの指は、入口近くにあるコリッとした何かに行き当たった。そこを刺激されると俺の身体はふわっと宙に浮くような感覚となり、唇からは声が、そして雄の先端からは何かが滴るのを感じ、唖然とする。

自分の身体だというのに、まるで理解ができない。気持ちばかりか身体まで、思うようにならないなんて、と戸惑っていられたのもそのあたりまでで、前に、後ろに絶え間なく与えられる刺激に俺はまたも前後不覚に陥った。

「あ……っ……あぁ……っ……あっあっ」

甘えを感じさせるやかましい声。自分の声だと気づくのに時間がかかる。

「や……っ……あぁ……っ……はぁ……っ……あ……っ」

後ろに挿入された指がまた増えた気がする。長く細い指先が奥深いところを抉《えぐ》るうちに、たまらないとしか表現し得ない気持ちに囚《とら》われていく。

またも限界が近い、と激しく首を横に振っていたことに気づいたのは、ルキーシュが俺の雄を口から離し身体を起こしたからだった。

ふと素に戻った俺の両脚をルキーシュが抱え上げる。

「うっ」

思わず声を漏らしてしまったのは、いつの間にか彼が全裸になっていたことに加え、露《あら》わにした俺の後ろに押しつけてくるその雄の見事さを目の当たりにしたからだった。

でかい。

いや、待て。それを入れようとしている——のか？

無理だって、と慌てて止めようとしたときには、ずぶ、と先端がめり込んでいた。

「……っ」

痛い——と覚悟したというのに、充分に慣らしてくれていたからか、または何か技があるのか、さほど苦痛はなかった。

「きついな……」

ぼそ、とルキーシュが呟く声が耳に届く。

「すみません……？」

文句を言われているような気がして謝罪したものの、謝るところだったのだろうかと、語尾は疑問形になった。と、それがおかしかったのか、ルキーシュは、くす、と笑ったあと、

「つらかったら言ってくれ」

と明るく声をかけると、俺の両脚を抱え直した。

ゆっくり、ゆっくりと腰を進めてくる彼を俺は、やはりなんともいえない気持ちを胸に見

上げていた。

後ろへの違和感は膨らんでいたが、つらくはなかった。苦痛を与えないよう、気を配ってくれているのことが伝わってきて、なんだか胸が熱く滾《たぎ》る。この感情は一体、と考えても答えは得られない。いや、もしかしたら得ているのだろうか。認めたくないというだけだったりして？　果たして何を認めたくないんだ？　わからないということは、やはり理解できていないのか？　己の感情だというのに。

思考力を取り戻しかけていたそのとき、ようやくルキーシュが己の雄を俺の後ろへと収めきる。ぴた、と互いの下肢が重なったとき、またも俺の胸には必要以上の熱が込み上げてきた。

泣きそうだ。え？　なぜに？　泣ける要素など一つもないというのに、と戸惑っていた俺に、ルキーシュが再び声をかけてくる。

「動くぞ」

「あ……はい」

頷くとルキーシュは、また、にこ、と微笑んだあと、ゆっくりと腰を打ち付けてきた。ズズ、と彼の逞《たくま》しい雄が内壁を擦り上げ、擦り下ろす。生まれた摩擦熱はそこからじんわりと俺の身体を内側から焼いていき、やがて全身に熱が回ったときには、ルキーシュの律動のスピードは上がりきり、激しい勢いで腰を打ち付けていた。

「あ……っ……あぁ……っ……あっあっあっ」

鼓動は今まで以上に高鳴り、身体に蓄えられた熱は今まで以上の温度となっているはずだった。喘ぎすぎて喉は嗄《か》れ、いつしか閉じてしまった瞼《まぶた》の裏では、極彩色の花火が何発も上がっている。

ここまでの快感を覚えたことはなかった。しかも終わりがまったく見えない。次第に恐怖心が増してきたのは、このまま自分の身体はどうなってしまうのかと不安になったからだった。

この俺が。さんざん人の感情を操り金を得ていた俺が。『怖い』だなんて。

そんな感情、とっくの昔に忘れたはずだったのに。

いや、最近思い出したのだった。地獄行きを聞かされたときは『怖い』と感じた。なんとかして逃れられないかと必死になるうちに恐怖心は薄らいでいたが、そうした恐怖とはまた違う怖さだ。

甘やかな恐怖——なんだこの陳腐な表現は。ふと我に返りそうになったが、すぐに激しい突き上げが俺の思考を奪っていく。

「あ……っ……もう……っ……もう……っ」

快感に次ぐ快感で、頭がおかしくなる。つらさすら覚え始めていたことに気づいてくれたのか、ルキーシュは二人の腹の間で張り詰めていた俺の雄を握り、一気に扱《しご》き上げてきた。

「アーッ」

直接的な刺激に耐えられるはずもなく、高い声を上げて俺は達し、白濁した液を辺り一面に放っていた。

「……っ」

ほぼ同時に頭の上でルキーシュの抑えた声が聞こえ、後ろにずしりとした重さを感じる。彼もまた達したのかと察し、顔を見上げる。俺の息は上がりきり、呼吸が苦しいほどにぜいぜいいっているというのに、ルキーシュは実に涼しい顔をしていた。が、心なしか彼の瞳は潤み、頬が微かに紅潮しているように見える。

よかったのだろうか。彼も。『彼も』ということは俺も相当よかったと、認めなければならないか。

そしてもし本当に彼が『よかった』と感じているならなんだか――嬉しい。

自然と微笑んでいることに気づいたのは、ルキーシュが俺の顔を見下ろし、ふっと笑ったせいだった。

そのまま唇を落としてきた彼の顔を見ているのはなんだか恥ずかしくなり、目を閉じる。ルキーシュはそんな俺の呼吸を妨げないよう、頬に、額に、鼻に、ときに唇に、やわらかいキスを何度も落としてくれ、瞼を閉じたまま俺はその感触を、胸に溢れる感情を持て余しながらも楽しんでいたのだった。

行為のあと、優しくキスをされているうちにどうやら眠り込んでしまったらしい。ふと目を覚ますと寝台の中、俺はルキーシュの腕に抱かれていた。

「…………」

腕枕をしてくれていた彼の顔を見やり、なんともいえない違和感を持つ。違和感の原因を考え、ルキーシュが目を閉じているからかと気づいた。

彼の眠っている姿など、見たことがなかった。しかし見れば見るほど端整な顔だと見つめていると、パチ、と彼の瞼が開く。

「起きたか。身体は大丈夫なはずだがどうだ?」

にこ、と微笑みながら尋ねられ、急速に羞恥の念が込み上げてきた。

「だ、大丈夫です」

身体を密着させていることも恥ずかしく、起き上がろうとするのを、ルキーシュの腕が背に回り、抱き締められる。

「な……っ」

髪にくちづけされ、更に羞恥を煽《あお》られる。なんだってそんなことを、と動揺していた俺から少し身体を離すと、ルキーシュが話しかけてきた。

「今、私は満ち足りた気持ちになっている。お前が腕の中にいることが嬉しい。きっとこれが『幸福』というものなのだな」

「……っ。そんな……」

面と向かって言われ、なんと返したらいいのかわからず言葉に詰まる。頭の中も胸の中も酷く混乱していて、何をどうすればいいのか、思考も感情もかき乱されている。

それがわかったのだろう、ルキーシュが俺に問い掛けてきた。

「お前はどうだ？　シン。いや、真《まこと》。お前も満ち足りた思いで目覚めなかったか？」

「それは……」

答えようとしたが、ルキーシュの美しい瞳に見つめられていると酷く鼓動が高鳴ってきてしまい、動揺はおさまるどころかますます気持ちが落ち着かなくなる。

満ち足りているか——どうだろう。行為の最中、やたらと胸に熱い思いが込み上げてきたが、あれが充足感なのか。今まで体感したことのない感情だった。前世で『充足』を感じていたときは、と記憶を辿る。

詐欺が成功したときは嬉しかった。金が手に入るということは勿論のこと、自分の計画が成功したことへの達成感が俺の気持ちを高揚させた。

しかしあの充足感は『幸福』だっただろうか。

詐欺が犯罪であることはわかっていたし、騙された人間がこれから不幸のどん底に落とされることがわかっているのに、それを己の幸福と思うほど、倫理観を失ってはいなかった。それなりに申し訳なくは思っていた——あくまでも『それなり』ではあったが。

ルキーシュの命令で、不幸としかいいようのない死に方をした男たちのかわりに復讐をしているときにも充実した気持ちになった。しかしその充実感もまた、幸福には結びつかなかった。なぜなら不幸な男たちは俺の行動で少しも幸せになっていなかったからだ。

幸せが何か、わからなくなった。どうしたら彼らを幸せにすることができるのか。それを真剣に考えた。

最初は、彼らのためというより、自分が地獄に落ちないためだったが、あまりにわけがわからなかったこともあって、そのうち、彼らの幸福を真剣に考えるようになっていった。

未だに彼らの幸福がなんだったのか、わかっていない。だが、俺は果たして幸福だったのかと、振り返るようにはなった。

あの、胸に込み上げる熱い思いが『充足』であり、『幸福』であるのなら、はじめて得ることができた、と、改めてルキーシュを見る。

「よかった。同じ気持ちで」

にっこりと、それは嬉しそうに微笑んだルキーシュが俺に顔を寄せてくる。

「いや、別に俺は……」

『同じ気持ち』と言われて、どき、とまたも鼓動が高鳴る。もう誤魔化しようがなく、その言葉を聞いて俺は嬉しく感じていた。

俺もまた、同じ気持ちであることが嬉しい。しかしそれを認めるのは恥ずかしい。なんだこの、『恥ずかしい』という感情は。照れる、といったほうがぴったりくるが、こんな気持ちにも今までなったことはなかったのだった。

「ようやく幸福が何か、わかりかけてきた。愛についても」

ルキーシュの言葉がますます俺の頬に血を上らせ、『照れる』気持ちが増していく。

俺もまったく同じだった。照れてしまいながらも、胸にはあの、熱い感情が渦巻いているのがわかる。

これが『幸福』。そして『愛』。しかし認めるのはやはり照れくさい。それで俺は、自分も、と同意をするのではなく、

「そうですか」

と相槌《あいづち》を打つに留めてしまった。途端にルキーシュがふっと笑い、俺の額に額をぶつけてくる。

「とはいえまだ入口に立ったところだ。焦らずこれからゆっくり学んでいけばいい。共にな」

「……っ」

どうしよう。胸の中で暴れ回っているこの感情は『ときめき』に違いない。俺がときめく

だと？　この俺が？　大人になりきる前から詐欺行為を繰り返してきた、地獄行き確定の男が、こんな言葉の一つや二つでときめくだなんて信じられない。

しかしときめきというのはこうも気持ちを浮き立たせてくれるものだとは。知らなかった、と、またも初体験の感情に戸惑いながらも、気づけば俺は微笑んでしまっていたようだ。

「いい顔だ」

ルキーシュに言われて自覚し、頬に手をやる。と、ルキーシュはその手の上に彼の手を重ね、片方の頬を包んだまま、尚一層顔を近づけてきた。

くちづけをされると予感し、目を閉じる。と同時に、これじゃキス待ち状態じゃないかと気づき、羞恥から目を開こうとしたそのとき、ルキーシュの声が響いてきた。

「それでは次の回帰先に向かってもらうこととしよう」

「……え？」

甘やかな囁きではなく、聞き慣れたてきぱきした口調に戸惑い、目を開く。

「千人にはまだほど遠いからな。お前も早くすませてしまいたいだろう？」

にこにこと笑いながらそう告げる彼の様子に唖然となる。

「…………」

今まで二人の間に満ちていた『幸福』も『充足感』もすべて吹っ飛んでしまっているんですけど、と、俺はつい、ルキーシュを恨みがましく見やった。

「どうした？」

ルキーシュが不思議そうに問うてくる。

「いえ……雰囲気ぶち壊しと思っただけです」

どうせ心を読まれるのだから口に出してやれと、俺はつい、クレームを告げてしまった。

「雰囲気……なるほど。それは悪かった。学びが足りなかったな」

しかしルキーシュは少しも応えたようには見えず、やはり笑顔のままである。

「見かけによらずロマンティストなんですね」

と、寝台の下、いつの間にか現われた黒い猫が飛び上がったかと思うと、ルイに姿を変え、さも馬鹿にしたようにそんな意地の悪い言葉を告げてきた。

「だから……」

子供が見ていいものじゃない、と告げかけ、自分が既に服を着ていることに気づく。ということは、とルキーシュを見ると、彼もまたいつもの黒ずくめの服装に戻っていた上に、俺達の寝ていた寝台はあとかたもなく消えていた。

「僕だっていやいや来たんですよ。ルキーシュ様に呼ばれて仕方なく」

「呼んだかな？」

ぶつぶつ言うルイにルキーシュが小首を傾げる。

「……っ。だって、こいつにまた回帰させるって仰るから……っ」

ルイはショックを受けた様子となっていたが、ルキーシュが「なるほど」と微笑み告げた言葉を聞き、彼にしては珍しく絶句した。

「私が命じるより前に、また付き合ってやるつもりだったのだな。彼に」

「僕は……っ！　今までがそうだったから！　そう思っただけで……っ。別に、こんな奴が心配だからついていこうなんて思ったわけじゃありませんから……っ」

真っ赤になって釈明を始めた彼を見て、やはりツンデレか、と微笑ましい気持ちとなる。

仕方がない、千人分の幸せ目指してコツコツ頑張るか、と溜め息を漏らした俺の顔を、ルキーシュが覗《のぞ》き込んでくる。

「そうだ。お前を抱いたあとの私の幸福も一人分とカウントしてやろう」

「ルキーシュ様っ」

ルイが悲愴な顔となり名を叫ぶ。叫びたいのは俺も一緒だ、と、俺も思わず、

「やっぱりあんたは愛を知らない！」

と、今の発言には羞恥の欠片《かけら》もないことを反省させるべく、怒鳴りつけてやったのだった。

あとがき

はじめまして&こんにちは。愁堂れなです。この度は一〇二冊目のルチル文庫となりました『転生詐欺師　恋の手ほどき』をお手に取ってくださり、誠にありがとうございました。

前回は回帰もの、今回は転生もの、と、趣味をひた走っていてすみません（笑）。悪役令嬢ものも大好きなのでいつかどこかで書けるといいな……ではなく、本作も私の嵌まりに嵌まっている異世界転生ものとなりました。

普通の（転生自体が普通じゃないですが）転生ものとはひと味違う作品を目指してみたのですが、いかがでしたでしょうか。

とても楽しみながら書いたので、皆様にも少しでも楽しんでいただけましたら、これほど嬉しいことはありません。

イラストの奈良千春先生、今回も本当に！　本当に‼　素晴らしいイラストをありがとうございます‼　キャララフを拝見したときの感動たるや！　ルキーシュもシンも素敵すぎる！　ルイは可愛すぎる！　とテンション爆上がりで担当様へのお返事メールには「‼」マークが溢れてました。カバーも本当に素敵ですよねー‼　私の幸せだけで千人分いきそうです。お忙しい中、感動を本当にありがとうございます！

また今回も大変お世話になった担当様をはじめ、本書発行に携わってくださいましたすべての皆様に、この場をお借り致しまして心より御礼申し上げます。

何より本書をお手に取ってくださいました皆様に御礼申し上げます。

カバー折り返しコメントにも書いたのですが、ここ数年、スマホで読む縦読み漫画に嵌まっていて（縦読みだとスマホサイズがちょうどいいように思います。一ページものだとタブレットがちょうどいいのですが……）、色々なサイトで毎日の更新を楽しみにしているのですが、その多くが悪役令嬢もの、異世界転生・憑依もの、回帰もので、自分でも書いてみたい！　と思い、今回は転生と回帰がミックスしたような作品に挑戦させていただきました。

思えば私が小説を書き始めたきっかけも、大好きな小説の二次作品サイトに嵌まり、自分でも書いてみたい！　と思ったことでした。

自分の好みにぴったりあう作品がなかったら、自分で書けばいいいじゃない！（アントワネット様の声で再生していただければと……実際アントワネット様は『パンがなければ……』は仰っていないとのことですが・笑）という気持ちを懐かしく思い出しました。

しかし書き上がってみると、あれ？　めっちゃ楽しく書いたけど、これが『一番』読みたかったんだっけ？　とちょっと疑問も覚えているので（笑）、また次回、新たな『自分の好みにぴったり』を目指していきたいと思います。

皆様の好みにぴったり、とまではいかなくても、少しでも面白いと思っていただけましたらら、そして少しでも気に入っていただけましたら本当に幸せです。よろしかったらご感想をお聞かせくださいね。心よりお待ちしています！

次のルチル文庫は、お待たせしました。たくらみシリーズの予定です。いよいよ第四部のクライマックスとなります。こちらも頑張りますので、よかったらどうぞお手に取ってみてくださいね。

また皆様にお目にかかれますことを、切にお祈りしています。

令和五年十月吉日

愁堂れな

（http://www.r-shuhdoh.com/）

ページが少し余ったので、次のページから、実は一番好きかもしれないキャラ、ルイのモノローグのSSを掲載していただきました。

どうかお楽しみいただけますように！

我が輩は猫ではない

因みに漱石《そうせき》の『月が綺麗ですね』エピは実は真偽のほどが定かではないらしい。って、そんなミニ知識をひけらかしたかったわけではなく、僕は猫じゃないし子供でもない、ルキーシュ様の使い魔だと知らしめたかっただけだ。

猫と子供、どちらの姿が本体だと聞かれることがたまにあるが、そもそも僕には実体がないので、どちらが本当の姿か、なんて問い自体が馬鹿馬鹿しいものなのである。

あの愚かな詐欺師にも前に聞かれたことがあった。僕が人間界を横切った際、偶然トラックの前に飛び出すことになったのだが、あいつは僕が轢き殺されると勘違いして代わりにトラックの前に飛び出した——という正真正銘のアホだ。だからこそ、そんな馬鹿馬鹿しい問いをしかけてきたのだろう。

アホなだけじゃなく、性根も腐っている。ルキーシュ様はなぜ、あんな奴に目をかけてやるのか、謎でしかなかった。

猫の姿をした僕を助けようとしたから、という理由もまたよくわからない。そもそも僕は猫じゃないし、たとえ猫だったとしてもトラックに轢かれたくらいで死ぬはずがない。要は無駄なことをしているのに、それでルキーシュ様に温情をかけてもらえたのだから、感謝してもしきれないはず——なのに、文句ばかり言っている。そういうところも愚かだ。

最初は仕事も満足にできなかった。おかげで僕が付き添う羽目になってしまったのだが、感謝は口先ばかりなのもむかつくし、感謝どころかからかってさえくるのだ。

それも心を許しているからだ、なんて、僕に取り入ろうとしてくるところも気に入らない。最大級に気に入らないのはルキーシュ様がこんな愚かな男に目をかけてやっているところで、すべてにおいて尊敬できるルキーシュ様の、男の趣味がこんなに悪かっただなんてと悲嘆に暮れている。

なぜ、彼なのだろう。顔は確かにいい。ルキーシュ様の足下にも及ばないけれども、容姿に関してはまあ、及第点と言えるだろう。

中身に関してはダメダメだ。人生を舐めていることを隠そうともしない。掌の上で人の人生を転がせると思っているし、実際、生前は成功し続けていた。

詐欺を百件以上働いている彼には地獄行きが決まっていた。しかし中身は罪悪感の欠片《かけら》もない極悪人――とまではいかず、妙に達観というか、超越してるというか、何かが欠けているというか、上手く言えないのだけれど、自分の人生だというのに自分事とはとらえていない部分があるような気がした。そういうところが面白いといえば面白い……って、別に彼を観察しているわけでも興味を抱いているわけでもないので、勘違いしないでほしい。

僕はただ、ルキーシュ様の言いつけに従って、いやいや彼に付き添っているだけだ。ときに危うかったり、脆かったりする部分を見ていられなくてつい、手助けをしてしまう――なんてことはなく、早くルキーシュ様のもとに帰りたいからいやいやフォローをしているだけなのだ。

くれぐれも！　僕が彼を心配してるとか、そうした勘違いはしないでほしい。

そういうのを『ツンデレ』と言うのだと、あの詐欺師は僕を揶揄《からか》う。いつ僕が『デレ』たのか、教えてほしいものだ。

そう。僕は別に猫でもなければツンデレでもない。僕はルキーシュ様が最も信頼している使い魔だ。そのことを是非、記憶に刻み込んでいただきたい。

さてこれからまたあの詐欺師の転生に付き合わねばならない。どんな『転生』を見せてくれるか、楽しみ——なんかじゃ全然ないんだからね！

✦初出　転生詐欺師　恋の手ほどき……………書き下ろし
我が輩は猫ではない　………………書き下ろし

愁堂れな先生、奈良千春先生へのお便り、本作品に関するご意見、ご感想などは
〒151-0051 東京都渋谷区千駄ヶ谷 4-9-7
幻冬舎コミックス　ルチル文庫「転生詐欺師　恋の手ほどき」係まで。

幻冬舎ルチル文庫

転生詐欺師　恋の手ほどき

2023年11月20日　第1刷発行

✦著者	愁堂れな　しゅうどう れな
✦発行人	石原正康
✦発行元	株式会社 幻冬舎コミックス 〒151-0051 東京都渋谷区千駄ヶ谷 4-9-7 電話 03(5411)6431[編集]
✦発売元	株式会社 幻冬舎 〒151-0051 東京都渋谷区千駄ヶ谷 4-9-7 電話 03(5411)6222[営業] 振替 00120-8-767643
✦印刷・製本所	中央精版印刷株式会社

✦検印廃止

ISBN978-4-344-85284-6　C0193　Printed in Japan